Peripécias Caninas

ALEX CRIVIER

PERIPÉCIAS CANINAS

1ª edição

BREAK POINT EDITORA LTDA.

Ribeirão Preto / SP

2021

Esta é uma obra de ficção e quaisquer referências a eventos históricos, pessoas reais ou lugares reais são usadas ficticiamente. Outros nomes, personagens, lugares e eventos são produto da imaginação do autor, e quaisquer semelhanças com eventos, lugares ou pessoas reais, vivos ou mortos, são inteiramente coincidentes.

Este livro foi revisado segundo o Novo Acordo Ortográfico da Língua Portuguesa. Edição, revisão, projeto gráfico e diagramação: Break Point Editora Ltda.

Catalogação na Publicação (CIP)
(Break Point Editora Ltda.)

C936p Crivier, Alex, 1968

Peripécias caninas / Alex Crivier;
1. ed. - Ribeirão Preto: Break Point Editora Ltda.
2021. 160 p.

ISBN 978-65-87149-05-9
1. Romance; ficção. I. Título

CDD: B869.3
CDU: 82-3

Break Point Editora Ltda.
Caixa Postal 45 - CEP: 14001-970
Ribeirão Preto/SP (16) 3877-9511
www.breakpointeditora.com.br

NOTA DO AUTOR

Esta é uma obra de ficção, muito embora, mesmo em passagens fantásticas, ande de mãos dadas com a realidade.

Os humanos aqui são meros coadjuvantes, e os nomes dos personagens, necessariamente, não guardam correspondência com os verdadeiros.

A linguagem é coloquial (este que voz fala sabe escrever tanto quanto um cachorro sabe ler), então, não seja tão rigoroso.

para Pituxa

você entenderá...

Aos que sabem
que ninguém jamais será
dono de um animal.

"A superioridade do animal sobre o homem está, entre outras coisas, na discrição com que sofre."

Drummond

PRÓLOGO

– Vamo sentá aqui, essa mesa tá boa. Dá pra vê o movimento e as gatas – disse Jé, puxando uma cadeira e arqueando o corpo para sentar.

– Não, aqui não – discordou Landão. – Vamos sentar é naquela mesa ali, perto da moreninha e da outra mina.

Jé ficou com a bunda no ar por alguns instantes, mas acabou tendo que ceder e ir para a outra mesa, já que Landão já havia se instalado estrategicamente perto das garotas.

– Num te aguento! – chiou Jé. – Ali tava bão!

– Não tão bom quanto aqui. Chefe, aquela ceva! – intimou Landão.

O garçom nem perguntou a marca. Os figuras eram de casa. Voltou com a gelada e o cardápio, pois eles sempre petiscavam.

– Tem caneta e papel aí? – perguntou Landão, servindo o copo do amigo e o seu.

– Tó, usa a minha caneta – disse o chefe.

– Não, cê vai precisar dela. Eu quero uma pra ficar comigo, vou demorar um pouco pra devolver.

– Vixe... lá vem... resmungou Jé, pegando um cigarro.

– Péra aí, já trago. Vão comer? – aproveitou o garçom.

– *Of course*! Um quibe com Catupiry e uma esfirra quatro queijos pra mim. E um limão cortado – especificou Landão.

– Pra mim uma portuguesa... – Jé esmiuçou o cardápio mais um pouco e concluiu: – E um quibe com Catupiry tamém.

Jé afastou sua cadeira da mesa e pendurou os cotovelos nos joelhos, com o cigarro na mão direita e os dois olhos na mesa das garotas.

– Pode tirar os zóião da moreninha, Jé, eu vi primeiro.

– Só tô conferino. Mais nóis num demo ibope não. Elas tão ignorano.

– Carma, ombre. Já vamos atacar.

O chefe/garçom voltou trazendo pratos, talheres, uma caneta e, perdição, um bloquinho de anotações.

– Agora sim, temos munição.

Nota: eles estavam caçando mulher. Um esporte também conhecido como paquera. Naquela época os homens ainda gostavam de fazer isso. Hoje em dia é chamado de "importunação sexual", e dá processo. Perdeu a graça...

Landão pegou o bloquinho, escreveu uns troços, chamou o chefe/garçom e deu instruções precisas:

– É pra moreninha. Pra amiga, não. Se a amiga pegar, você tá morto!

O parça levou o bilhete, entregou na mão da moreninha e apontou a mesa de origem como um letreiro de neon. Ela leu, mostrou pra amiga, virou-se, mediu os manés, cumprimentou educadamente e voltou para sua cerveja.

– Melou.

– Não melou não Jé. Espera né? Foi só o primeiro movimento.

Landão rabiscou mais uns troços no bloquinho e chamou o chefe/garçom/parça.

– Quebra essa?

Na boa, o parça refez o roteiro. Desta vez, ela sorriu.

Landão pediu outra ceva, rabiscou de novo no bloquinho, esperou o chefe/garçom/parça encaçapar a gelada e implorou:

– Quebra mais essa?

O chefe/garçom/parça explicou a situação:

– Pô! Virei moleque de recadinho agora?

– Tá quase, tá quase. Leva lá, vai.

Não tão na boa, o já quase ex-parça entregou o bilhete para a moreninha e, ao invés de se retirar, ficou esperando ela ler. A moreninha virou-se totalmente para a mesa dos atiradores e sorriu generosamente.

– O cara tem um bloquinho inteiro pra ficar enchendo o saco – pontuou o chefe/garçom/parça/moleque de recados.

Landão ouviu e não perdeu mais tempo. Levantou-se e foi até a mesa das meninas.

– Além de ter um bloquinho inteiro, também tenho a noite inteira. Venham sentar com a gente.

Uma olhou para a outra e concordaram. Pegaram suas coisas e juntaram-se a eles. Landão colou no brinco da moreninha. Jé se entendeu com a amiga.

Comeram, beberam e riram a noite inteira. A certa altura, elas foram ao *toilette* e Jé perguntou, curioso:

– Meu, o quê que ocê escreveu naqueles bilhete?

– É – disse o chefe/garçom/parça/moleque de recados, trazendo a conta –, diz aí.

– Poesias, meus caros, poesias...

* * *

Jé acabou ficando de rolinho com a amiga da moreninha, mas depois de um tempo, como de costume, pirulitou-se. Já a moreninha, virou Mô e abraçou a bronca: em menos de um ano, ela e Landão estavam procurando ninho.

- Tô ajeitando uma casinha pra minha mãe morar. Ela pediu. Se der certo, a gente pode ficar no apartamento - especulou Landão.

- Hum... É, acho que seria legal - disse Mô desconfiada, não querendo sonhar.

Mas os sonhos se sonham, querendo a gente ou não. A casinha para a mamãe do moço deu certo e aí não tinha porque cada um continuar morando em um apartamento. Juntaram as coleções de discos (que é o que interessava) e pularam de cabeça da ponte *Bloukrans*, dispensando as cordinhas.

Nota: *Bloukrans Bridge*, na África do Sul, é onde alguns doidos praticam o maior *bungee jump* de ponte do mundo.

Primeiro dia debaixo do mesmo teto:

- Mas por que você tá chorando? - perguntou Landão para Mô, que desaguava sentada no chão, no meio da sala do apartamento-ninho, agora cheio de amor, expectativas e espaços vazios.

- Eu não sei... Buááááá...

Tudo bem, tudo bem. É um passo importante. Sejamos compreensíveis.

Primeira noite:

- AONDE CÊ VAI???

Incisiva, a enquadrada preencheu o pequeno quarto do pequeno apartamento-ninho e vazou na madrugada. Landão, que já tinha ajeitado uma das nádegas na beira da cama pra se levantar, juntou-a imediatamente com a outra e tratou de se deitar de novo, explicando cauteloso:

- Lugar nenhum, Mô, lugar nenhum. Eu não ia fugir não, só ia no banheiro fazer um xixi, mas nem precisa mais. Passô...

Tudo bem, tudo bem. É um passo importante. Sejamos compreensíveis.

Ademais, tudo se ajeita com o tempo.

Reformaram o apartamentinho.

Mobiliaram o apartamentinho.

Eventuais xixis de madrugada não causavam mais pânico.

Mas...

Sabe-se lá, entende? Era uma barulheira do cacete. A porra da vizinha de cima parecia uma égua com ferradura torta andando pra lá e pra cá a noite inteira. A desqualificada da vizinha do lado vivia berrando o diabo do filho maconheiro o dia inteiro, que estava sempre sumido:

– MAAATEEEUUUSSSS!!!!!!!!!!!

E quando o infeliz do Mateus aparecia, tome *funk* e "sertanojo" no toco!

Era a treva para Mô, que só queria...

– Um cachorro. É questão de sanidade mental. E aqui não dá!

* * *

– E aí, quê que cê acha?

– Tem potencial. O terraço até que é bem espaçoso. Dá pra colocar uma hidromassagem e uma churrasqueira. Eu gostei.

Ela gostou. Era o que bastava. Landão olhou para aquela minicobertura como uma oportunidade que aparece uma vez na vida e imediatamente partiu para a ação. Ajeitou a papelada, contratou os pedreiros, iniciou a reforma, pegou Mô e foram para a praia descansar do MAAATEEEUUUSSSS...

– Môr, teu telefone tá tocando.

Mô era a Mô. Môr era o Landão quando a Mô estava de boa.

– Alô. Quem? Zelador do prédio? Mas como isso é possível, o apartamento fica na cobertura, né? Tá bom, tá bom. Conserta aí que segunda-feira eu acerto. Não, pô, amanhã não, eu tô viajando. Eu lá ia sabê que isso ia acontecê?

Mô ficou encarando o Môr até ouvir a explicação: os "pedrero" haviam feito alguma ligação elétrica errada e queimaram as minuterias do prédio inteiro...

Paciência.

Depois de quatrocentos e cinquenta e nove problemas diferentes, a obra acabou e finalmente o casalzinho se mudou.

- Tchau MAAATEEEUUUSSSS!!!!!! - Mô fez questão de se despedir.

Colocaram o apartamentinho das trevas pra alugar e rumaram para a tão sonhada sanidade mental, que teve que esperar algumas semanas de carregamento de tralhas e arrumação.

Então, como tudo havia ficado muito lindo, resolveram estrear a hidro do terraço, com direito a champanhe/espumante/vinho frisante/sidra - não pretendemos polemizar sobre isso -, devidamente servidos nas taças de cristal "B" que sobreviveram à mudança.

Nota: eles tinham um jogo completo de taças de cristal, que haviam comprado quando montaram um barzinho de madeira no apartamentinho das trevas. O bar era lindinho, de cerejeira clarinha, uma peça muito *mignon*. Landão apreciava licores e Mô, qualquer coisa com álcool. Mas, quando Landão e o superamigo Bill - com dois "éles" mesmo, ele fazia questão, embora todo mundo já tenha cansado de argumentar que o segundo "éle" não servia pra nada - foram desmontar o móvel para transportá-lo, parece que não haviam retirado todos os parafusos antes de capricharem nos puxões para soltar o teto, que, teimosamente, recusava-se a sair. Até hoje o assassinato do barzinho é assunto tabu. Deixemos assim.

Tudo perfeito: água morna, hidromassagem ligada, bebidas rolando, Bob Marley embalando, estrelas brilhando e...

– Que merda!

– Quê foi Môr?

– Vira pra você vê.

Quando Mô saiu do canto da banheira em que estava e ficou do lado oposto, deu de cara com um monte de bicões, distribuídos nas varandas dos dez apartamentos que ficavam no prédio em frente, do outro lado da rua, acima do décimo terceiro andar.

– Olha só isso, Mô! Tudo quanto é *voyeur* do mundo tá aí na frente. De onde saiu esse povo? Não vi ninguém nessas varandas durante semanas! Foi só você colocar um biquíni e isso aqui virou a "Janela Indiscreta" do Hitchcock!

Se isso continuar, vai rolar "Um Corpo que Cai" no prédio deles... – pensou Landão, indignado.

Mô ficou olhando Landão sair pisando duro, enquanto boiava na banheira sob aqueles olhares babões. Mas pareceu não se importar muito.

Mulheres...

* * *

Landão olhava atentamente para todas aquelas bolinhas de pelo saltitantes e não conseguia se decidir. Todas pareciam "pilhadas" demais. Procurava algo mais *zen*.

Então, quando já ia optar por uma estopa encardida que não parava de lamber-lhe os dedos, viu um focinho se espichar no fundo da gaiola.

A criatura abriu um olho só (nem se deu ao trabalho de abrir o outro, haja preguiça!), percebeu a muvuca, virou-se e voltou a dormir.

Mais personalidade, impossível.

- Aquele filhote branquinho com manchas pretas que tá dormindo ali no fundo da gaiola, é fêmea? Se for, quero ela.

- Deixa eu ver... - ponderou a funcionária do *pet shop*. - É fêmea sim.

- Quanto custa?

- O senhor compra um saquinho de ração e ganha ela.

- Eu compro ela e ganho um saquinho de ração, você quer dizer, né?

- Não. O senhor só compra o saquinho de ração. Ela, a gente dá.

- ...

Novato no negócio de bichos, Landão ficou uns bons minutos refletindo sobre a transação. Desistiu de tentar entender e aceitou.

- Menina, acho que você vai gostar da gente. Cut, cut, cut...

Já dentro de uma providencial caixinha de papelão para o transporte, a menina se reaninhou e voltou a dormir.

- Êita, bichinha! A gente vai se dar bem. Também adoro dormir.

Enquanto dirigia, Landão pensou no tapete de pele de carneiro superfofão da sala. Vislumbrou a possibilidade de momentos tensos, dada a visível tendência daquele pequeno ser em aninhar-se, mas acabou ficando mais tranquilo quando se lembrou do terraço.

Ela vai gostar de ficar lá fora. Eu espero...

* * *

Quando Mô chegou, Landão já estava impaciente. A nova agregada da família já havia explorado o terraço, feito uns cinco nº 1 e uns três nº 2 e latido SEM PARAR pra meia dúzia de pombas que haviam feito do parapeito um poleiro.

Landão certificou-se de que a donzela não tinha pisado no seu (dela) mais recente nº 2, abriu a porta de vidro que separava o terraço da sala e liberou o tapetão para uma fofíssima sessão de pulinhos, roladinhas e abanadas de rabo, não por acaso, no exato momento em que Mô adentrou no recinto.

- Não acreditooooo!!!! Ai, que coisinha mais linda! Vem com a mamãe, vem!

Bastaram dois ou três pulinhos pra esquerda e pra direita, com as patinhas da frente abaixadas e o traseiro levantado, pra derreter o casalzinho.

Landão narrou as origens da coisinha fofa, explicando que se tratava da mais legítima SRD (Sem Raça Definida) do planeta, ou seja, tão vira-lata que era brinde de saquinho de ração.

- Nenhum *pedigree* seria capaz de gerar uma coisinha tão fofa como essa. Como a gente vai chamar?

- Pensei em Pituxa. Com "xis", é claro.

- Amei! Oi, Pituxinha! Olha só esses pelinhos eriçados atrás das orelhas. Puro charme!

- Só! Parecem as suíças do Tio Patinhas.

Landão estava satisfeito. Ela queria um cachorro, e eles tinham um cachorro. Mulher feliz, lar feliz.

Pituxa, agora batizada, percebeu-se no direito de expandir seu território e mijou em todos os cantos do apartamento, sob o olhar complacente dos abobados "pais".

- Tem certeza que é fêmea, Môr? - ironizou Mô. - A danada parece que tá marcando território!

- Tranquilo. É pura personalidade. Pelo menos ela poupou o tapet...

- PITUXA!

* * *

Primeira noite:

- Mô, a Pituxa não para de chorar no terraço. E aí, deixo ela entrar?

- Tá louco? Só quem nunca teve cachorro mesmo pra amolecer desse jeito! Ela vai fazer isso durante algum tempo, depois ela desiste. Quando o *Scooby* chegou em casa, ele levou uma semana pra se conformar com o quintal.

Nota: *Scooby* era o cachorro da Mô em outra vida. Para o Landão, as mulheres nasciam no dia em que ele as conhecia. "*De passado de mulher e de cozinha de restaurante, é melhor não saber.*", dizia. Então, não se lembrava que fim havia tido o tal *Scooby*. Só sabia que tinha qualquer coisa a ver com a mãe dela...

- Nunca tive cachorro, mas já tive um porquinho-da-Índia. Quer dizer, uma, a Margarida.

- Coitada... Ela sobreviveu quanto tempo? - cutucou Mô. E acrescentou: - Môr, lembre-se que você está em observação. Se conseguir cuidar direito de um animalzinho, talvez esteja apto a ser pai...

Landão pensou na questão e achou melhor ser sincero.

– Acho que ela não durou muito, não. Reconheço que não fui lá um primor nos cuidados. Mas eu morava com meus irmãos e a Margarida era meio que de todo mundo, então, cada um achava que o outro tinha feito as coisas e acabava que ninguém tinha feito nada. Mas éramos moleques. E acho que, quando eu era pequeno, um ou dois anos, tivemos um pequinês.

– Pequinês é muito lindinho. Como chamava? – interessou-se Mô.

– Laika. Eu sei por que mamãe vivia contando que eu engatinhava atrás dos nº 2 dela – confessou Landão. – No fim, acharam melhor despachar a Laika pra casa de uma tia.

– Fascinante...

– Ah! Cê tem que dá um desconto! Eu era um bebê, né? Pior foi meu irmão, marmanjão, que num belo dia apareceu em casa com dois filhotinhos de gato que achou na rua. No primeiro dia já liquidou com um. Foi sentar no sofá e o gatinho havia se enfiado no meio das almofadas. Só se ouviu um "creck".

– Dispenso os detalhes. Imagino o destino do outro pobre coitado.

- No dia seguinte, ele foi sair com o carro da garagem e o gatinho achou de correr pra debaixo... Foi trágico. Mas o lance mais pitoresco mesmo foi quando ele resolveu, na maior das compaixões, socorrer um gato de rua adulto, que estava todo estropiado. Pegou ele, enrolou num pano, colocou no banco do passageiro do carro e rumou pra um hospital veterinário. No caminho, deu uma freada brusca, o bichano esborrachou no painel e caiu no assoalho. Meu irmão apavorou, agachou pra pegar o gato, apoiou-se na mão esquerda, que tava no volante, e virou o carro de uma vez pra direita. Bateu na traseira dum carro estacionado e enfiou a cabeça no porta-luvas.

- Minha nossa! Seu irmão é uma ameaça! E o pobre do gato convalescente?

- Ele jura que, na confusão, ainda se lembra de ter visto o gato virar a esquina mancando e se mandar!

Mô ficou muda, olhando perplexa para o teto.

- Acho que é por isso que ele não quer nem ouvir falar de bicho de estimação...

* * *

Segundo dia.

Pituxa havia chorado a noite inteira, sem parar nem pra respirar. De manhã, Mô recolheu os nº 2 noturnos, lavou o terraço com a mangueira para dispersar o cheirinho dos nº 1, trocou a água da vasilha, colocou a ração, sentou-se na escadinha de alvenaria feita pra subir na hidro e fez companhia pra ela, que, com tanto cafuné, concluiu que seu isolamento terminara.

Landão seguia desmaiado no quarto.

Bastou que Mô entrasse na sala e fechasse a porta de vidro do terraço, para Pituxa engatar a ladainha outra vez.

– Vou fazer café, Pituxa, e você vai ficar por aí – explicou Mô.

Inconformada, Pituxa caprichou nos ganidos. *Talvez aquele cara que me trouxe pra cá apareça.* É um pensamento provável. Vai saber.

– Pô, Pituxa! Vai ser isso o dia inteiro? – resmungou Landão, aparecendo na sala com a cara mais amarrotada que o paninho que haviam dado pra cachorra.

– Bom dia, dorminhoco.

– Bom dia Mô. Que cheiro é esse?

– Café, oras.

– Não, tá parecendo... cigarro!

– Ah... Cê não tinha sentido ainda?

– Forte assim, não. Como pode? Nós tamo no décimo terceiro andar!

– É o vizinho do décimo segundo. O "fumódromo" dele é na área de serviço, que também tem ventilação por elemento vazado, igual a nossa. A fumaça dele sobe pra cá.

– Que bosta!

Nota: a primeira pergunta que fizeram um para o outro quando se conheceram foi: "Você fuma?". A resposta negativa de ambos determinou a continuidade da paquera. Toleravam o cigarro dos amigos, mas fumantes, para eles, eram fedidos. E ponto.

Landão abriu a porta de vidro da varanda pra correr o ar e Pituxa voou pra dentro.

– Tá legal, Pituxa. Mas sem xixi no tapete, tá bom?

Pituxa, muito perspicaz, já havia sacado: dois ou três pulinhos pra esquerda e pra direita, com as patinhas da frente abaixadas e o traseiro levantado, e o casalzinho derretia.

A manhã correu suave. Pituxa parecia uma fonte inesgotável de fofices. Depois do almoço, Mô foi tirar uma soneca no quarto, e Landão ficou deitado no tapete de pele de carneiro da sala, com a cachorrinha espichada em cima de sua barriga.

– Êita, bichinha! Não falei que a gente ia se dar bem?

Pituxa já era. Dormia de bufar.

A tarde encaminhou-se preguiçosa, como convém a um fim de semana de pessoas laboriosas.

De repente:

♫

CHORA, NÃO VOU LIGAR

CHEGOU A HORA

VAIS ME PAGAR

PODE CHORAR, PODE CHORAR

ÉS, O TEU CASTIGO

BRIGOU COMIGO

SEM TER POR QUE

♫

– Puta que pariu! Quê isso?

Landão foi arrancado da letargia de supetão. Pituxa disparou a latir (fino e alto, como um filhote que se preza). Mô apareceu no hall do quarto que dá para a sala absolutamente descabelada.

– ISSO, meu amor, é Beth Carvalho – disse Mô desanimada, atravessando roboticamente a sala e desmoronando no sofá.

As vidraças tremiam e as paredes vibravam.

E Pituxa latia.

O vizinho do décimo segundo andar era fã da Beth Carvalho.

E meio surdo...

* * *

Pituxa chorou a noite inteira, sem parar nem pra respirar.

De novo.

Mô recolheu os nº 2 noturnos, lavou o terraço com a mangueira para dispersar o cheirinho dos nº 1, trocou a água da vasilha, colocou a ração, sentou-se na escadinha de alvenaria feita pra subir na hidro e fez companhia pra ela.

De novo.

Landão surgiu na sala meio desorientado. O domingão estava esquisito. Mô já tomava seu café e traçava uma pamonha. Mesmo assim, ele sentiu o cheiro do cigarro.

De novo.

Sem dizer nada, foi até a porta do terraço e ficou olhando para Pituxa através do vidro, sem abri-la.

Esperta, ela apresentou um novo truque: sentada nas patas traseiras, mas com o corpinho ereto, fez um troca-troca com as patinhas dianteiras, numa evidente demonstração de euforia.

Landão quase teve um treco. Abriu a porta e abraçou tanto a cachorra, que Mô teve que intervir:

- Ô! Vai espremer a coitada!

- Você viu o que ela fez?

- Vi. Foi demais mesmo. É muita fofura num bichinho só!

Pituxa esparramou no tapetão e ficou.

A esquisitice inicial daquele domingo parecia ter sido só uma impressão e a manhã ia chegando levemente ao fim.

Até que...

♫

Ô COISINHA TÃO BONITINHA DO PAI

Ô COISINHA TÃO BONITINHA DO PAI

Ô COISINHA TÃO BONITINHA DO PAI

Ô COISINHA TÃO BONITINHA DO PAI

VOCÊ VALE OURO

TODO MEU TESOURO

♫

- Ah, não! Porra! Essa Beth Carvalho de novo não! Vamo almoçá fora!

Enganaram Pituxa com um petisco até o terraço, fecharam a porta de vidro e saíram sem olhar para trás.

- Ela vai ficar bem, né Mô?

- Vai. Ela tem água, ração, paninho e o guarda-sol pra se proteger. E daqui a pouco a gente tá de volta, né? Não vai ser nenhum drama.

Foram na churrascaria e, entre cervejas geladas, picanhas suculentas, galetos, pururucas e queijinhos no espeto, o relógio alcançou dezessete horas.

- Nossa! Vambora.

Chegaram no apê meio lerdos, loucos pra cair na cama e tirar um cochilo, mas primeiro foram ver como estava a fofura.

- Não tô vendo ela. Cê tá?

Landão abriu a porta de vidro e... Nada! Pituxa não deu o ar da graça. Só um bafo de ar quente entrou na sala. Olharam debaixo do guarda-sol, chacoalharam o paninho e... Nada!

Mô apavorou. Imediatamente pensou que ela poderia ter subido os degraus da escadinha da hidro, andado pela beirada da banheira, alcançado o parapeito, se espremido por entre o vão da mureta e...

- MÔR! E se ela caiu do prédio?!!! - disse atônita, subindo no parapeito e tentando ver a calçada, quase cinquenta metros abaixo.

- Caiu não. Vem cá. Olha a danada aqui - disse Landão de joelhos, com o rosto próximo ao chão, vermelho como um peru.

Pituxa, que de boba nada tinha, havia entrado embaixo da espreguiçadeira do terraço, atrás de sombra. E, é claro, dormia.

- Tadinha! Olha só, ela tá até desmilinguida por causa do calor - preocupou-se Mô.

- É. Aqui tá quente mesmo. Amanhã vou providenciar uma casinha de madeira e colocar debaixo da pia, do lado contrário ao da churrasqueira - disse Landão, entrando na sala. - Vem Pituxa.

Nem precisou falar de novo...

Mô desmaiou no quarto e Landão no tapete da sala, com Pituxa em cima da barriga.

Acordaram, deixaram a fofura fazer todo tipo de estrepolia, estouraram pipoca e assistiram a um filme (embora Pituxa não tenha se esforçado muito para prestar atenção).

Mais tarde, tapearam de novo a menina com um petisco, para deixá-la no terraço, e foram deitar.

Durante a noite começou a chover, e Landão foi conferir se estava tudo bem lá fora. Mal afastou a cortina e viu Pituxa ensopada junto à porta de vidro. A chuva aumentou tanto e tão depressa que a cachorrinha já ia começar a boiar. Mô apareceu no exato momento em que Landão, agora encharcado, tentava fechar a porta com Pituxa nos braços.

– Sem chance dela ficar lá fora – disse Mô. – Vou fazer uma caminha naquela caixa de papelão que veio com ela e colocar na área de serviço. E vou te secar, né minha belezura!

Secar a Pituxa, bem entendido.

Landão, pela burrice de não ter comprado uma casinha pro bichinho de estimação, foi se enxugar sozinho mesmo...

* * *

... BANDO DE SAFADOS! VÃO PRO INFERNO! VEM AQUI ME PEGÁ! OCÊIS NÃO SÃO DE NADA!

Mô estava pescando um dourado imenso no rio Miranda, quando começou a ouvir uma ladainha vinda de longe. Conforme a xingação foi ficando mais próxima, a idílica paisagem mato-grossense de Bonito foi se esvanecendo.

... CRETINOS! BABACAS! FILHOS DA PUTA!

Mô acordou de seu maravilhoso sonho muito contrariada. Ouvindo a gritaria, mas sem identificar da onde vinha, abriu os olhos e não viu Landão. Vestiu seu roupão branco, chegou até a sala, viu a porta do terraço aberta e saiu. Lá fora, subiu no parapeito, olhou para a calçada e viu, lá embaixo, bem na esquina, um cara magrelo berrando a plenos pulmões. Pra ninguém!

– Seis horas da manhã! Ninguém merece! – protestou Landão, aproximando-se do parapeito com um balde cheio de água, que havia acabado de pegar no tanque da área de serviço.

Pituxa acompanhava tudo na maior atenção.

- Quê que cê vai fazer com isso?

- Isso!

Landão subiu no parapeito e virou o balde d'água 50 metros pra baixo.

Errou feio. Ou era pouca água, ou estavam muito no alto. Nem espirrou no elemento.

Pegou o telefone e ligou pra polícia.

- Sim, senhor, a viatura já vai passar daí. Mas ele volta, não tem jeito. Toda semana a gente recolhe ele, mas ele sempre volta. É doido, né?

Paciência.

Pituxa ganhara a casinha de madeira e crescia rápido, forte e serelepe.

Mas...

Sabe-se lá, entende? Era uma barulheira do cacete.

A porra do vizinho do apê de baixo era um carnavalesco surdo que fazia da área de serviço um cinzeiro.

Os desqualificados dos vizinhos do prédio do outro lado da rua eram todos pervertidos.

E um doido magrelo havia elegido a esquina pra berrar seus impropérios quase todo dia ao nascer do sol:

- FILHOS DA PUUUUTTAAAAA!!!!!!!!!!!

Era a treva para Mô, que só queria...

- Uma horta. É questão de sanidade mental. E aqui não dá!

* * *

– E aí, quê que cê acha?

– Tem potencial. O terreno até que é bem espaçoso. Dá pra fazer uma casinha legal, com uma piscina, uma área de churrasco, um gramado pra Pituxa correr e uma hortinha. Eu gostei.

Ela gostou. Era o que bastava. Landão olhou para aquele terreno como uma oportunidade que aparece uma vez na vida e imediatamente partiu para a ação. Ajeitou toda a papelada, contratou o arquiteto para fazer o projeto e empreitar a obra e iniciou a construção da tão sonhada casinha.

Venderam a coberturinha e voltaram para o apartamentinho das trevas, pois ele havia acabado de ser desocupado pelo inquilino, que, pelo jeito, também não tinha aguentado o:

– MAAATEEEUUUSSSS!!!!!!!!!!!

Nem terminaram de estacionar o carro, cheio de badulaques da mudança, e a agradabilíssima educação da vizinhança deu o ar da graça.

– Calma Mô. Pensa que é temporário.

– Que se dane esse maconheiro. Tô pensando é na Pituxa – respondeu ela angustiada.

Haviam decidido que Pituxa não seria submetida ao confinamento de um apartamento minúsculo. Assim - com certo receio, é verdade -, a cachorrinha fora levada para a casa da mãe da Mô, para que ela cuidasse dela até que a construção terminasse.

Mas tinha um porém. Na verdade, dois: primeiro, a mãe da Mô era suspeita no caso do *Scooby*, pois Landão não sabia dos detalhes e o assunto sempre era desconversado; segundo, na casa da mãe da Mô morava a... Mila!

Nota: Mila era um monstro - desculpem -, quero dizer, uma cadela troncuda "*fox* paulistinha", absolutamente terrível; tão dissimulada que ria pra você antes de te morder. Você já viu um cachorro rindo? Então... É medonho. Enérgica no pior sentido da palavra, era mais territorial que um carcaju e comia qualquer coisa mesmo, igual avestruz. Um verdadeiro musaranho canino. Bom, o que esperar de uma *terrier* versão tupiniquim... E o esporte preferido do belzebu era importunar o Mimo, um gato laranja com o rabo quebrado, que aparecia com certa regularidade pra filar boia.

E era pra esse lugar que Pituxa tinha ido...

- Mô, quê que sua mãe falou da Pituxa no telefone?

- Ah... Você conhece a mamãe. Disse que tá tudo bem, que de vez em quando ela acha de escapá do portão pra rua, mas que é só chamá que ela volta... Mamãe cria os bichos meio "largados", é a filosofia dela. Foi numa dessas que o *Scooby* dançou.

– Vamos visitar sua mãe neste final de semana, ok? – propôs Landão, preocupado com o cenário.

* * *

Landão cutucou Mô – que babava no banco do passageiro –, e avisou que já ia pegar o acesso para a entrada da cidadezinha.

Depois de rodar cerca de cem quilômetros debaixo de sol, qualquer um fica meio pastoso. Dá aquela amuada. Consequentemente, nem tudo que se apresenta aos olhos é distinguido de imediato. Mal adentraram na primeira rua e tiveram uma visão inesperada:

– Môr, cê tá vendo o mesmo que eu?

– Mas que sem-vergonha! Como é que pode uma coisa dessas? E olha só como ela cresceu!

Pituxa trotava orgulhosamente ao lado de um lindo e imenso pastor alemão preto-amarronzado, liderando uma pequena matilha de felicíssimos pulguentos por entre os canteiros da pracinha.

– Môr, para o carro que eu vou pegar ela.

– Tô vendo sua mãe no portão. Vamos chegar lá primeiro. Aí a gente confirma a conversa dela de que é só chamar que a Pituxa volta.

Mô desceu do carro e, enquanto Landão estacionava, abraçou sua mãe e já carcou:

- Bonito né mãe? E se a Pituxa some?

- Some não. Qué vê? PIIIIITUUUXAAAAA!

Inacreditavelmente, eis que a senhorita deu meia-volta e correu saltitante em direção à senhora, que agora confiante de seu domínio da situação, provocou:

- Viu?

Quando Pituxa encontrou Landão e Mô, ficou eufórica, agitando-se mais que dançarina de *twist* com formiga nos fundilhos.

Felicidade total.

Enquanto Mô seguia com sua mãe para o quintal, para ver a - sem comentários - Mila, Landão foi para o quarto descansar.

Deitou-se no superfresquinho chão de cimento queimado vermelhão, encerado até à beira da loucura, e tirou uma revigorante soneca, com Pituxa, cheia de carrapichos no pelo, aninhada em sua barriga.

No portão, a turminha de pulguentos ainda tentava chamar a colega de volta para a farra, mas daquela caminha ela não sairia mesmo!

Depois do almoço, todos ficaram no quintal conversando e observando a disputa pelo cetro de fêmea alfa entre Mila e Pituxa. Embora o território, por antiguidade, pertencesse à "*fox* paulistinha",

Pituxa recusava-se a se submeter, e o resultado era um festival de rosnados. Mô e Landão descobriram, surpresos, que a sua fofurinha também era feroz. Como diz o velho "deitado", "*dois bicudos não se beijam*", e as duas cadelinhas viviam se mirando.

Na manhã seguinte, Mô e sua mãe foram dar um passeio a pé pelas muitas praças e canteiros das redondezas. Quando voltaram, Landão acabou acordando com a falação e a latição das cachorras e foi averiguar, totalmente sonado.

– Môr! Vem cá! – exclamou Mô ao ver Landão surgindo na varandinha do quintal. – Olha só que coisinha!!!!!

– Minino! Nóis quase que pisa nela! – observou a sogra, em êxtase.

Landão achegou-se cauteloso até a prosaica caixinha de papelão cheia de paninhos, ao redor da qual se desenrolava o tal fuzuê, e, depois de um considerável tempo de observações, análises, caretas e ponderações, disparou:

– Isso é um bigato sujo de terra?

– Quê bigato o quê, sô! Olha que coisinha mais preciosa! – indignou-se a mãe da Mô.

– Môr, larga a mão de sê besta! É uma filhotinha de "salchicha"! – piorou Mô.

Landão ficou um pouco mais desperto e tentou focar:

– É uma fêmea, filhote de *Cofap*, igual ao do comercial da tv? Aqueles cachorros que parecem uma sal–SI–cha? É isso?

– Ah! Vai à merda você e o português! Vai lavá essa cara e tomá um café e vem me ajudar a cuidar da mais nova integrante da família – ordenou Mô. – E anda logo!

Landão cumpriu tudo que lhe foi ordenado direitinho.

– Então, como vocês acharam esse bigato?

Mô fuzilou Landão com o olhar. Mas relevou e achou mais produtivo concentrar–se nos cuidados à bichinha.

– Segura a patinha dela aqui pra mim – pediu Mô, enquanto limpava delicadamente a barriguinha da criaturinha com um algodãozinho umedecido.

– Nossa! Ela tá toda esfolada! Tadinha! – apiedou–se Landão.

– Pois é – disse Mô. – A gente tava andando no canteiro central, eu e a mamãe, ali no caminho pra represa, e ela saiu de repente do mato e veio nos meus pés. Eu levei um baita susto e quase tropecei nela.

– Que tipo de gente abandona um filhote indefeso assim no mato?

– Ê, meu fio, tem muita maldade nesse mundo... – observou a sábia sogrinha.

– Ai. Eu nem consigo pensar nisso, gente. Mas nós vamos cuidar muito bem de você agora, não é Belinha?

– Belinha? É... Bonitinho. – Landão aprovou.

– Eu também gostei! – informou a mãe da Mô.

Pituxa observava tudo, mas não demonstrava estar nem impressionada, nem incomodada com um filhote no pedaço.

Já Mila, ficou rodeando a caixinha de papelão cheia de paninhos, cheirando a concorrência.

Após os cuidados com Belinha, Mô e sua mãe foram fazer o almoço e Landão resolveu sair pra comprar cerveja. Antes que chegasse ao portão, ouviu um grito de pavor da sogrinha:

– MILAAAAAAAAA!!!!!!!!!!!! NÃÃÃOOO!!!!

Landão correu corredor adentro e, quando chegou à varandinha do quintal, Belinha estava com a cabeça enfiada na boca do monstro! Pituxa rosnou ferozmente e Mila soltou a pobrezinha. Mô correu para averiguar e constatou, aliviada, que não havia dado tempo de acontecer nada à cachorrinha.

Enquanto isso, a mãe da Mô aplicava umas boas sovas no belzebu...

* * *

– Tchau, sogrinha.

– Tchau, meu fio, boa viagem.

– Mãe, a senhora vai cuidar bem da Belinha, né? – conferiu Mô. – Deixa a Mila no cercadinho. Não inventa de "socializar" os bichos, hein? A Belinha tá muito frágil. E para com esse negócio de deixar a Pituxa bandear na rua.

Recomendações dadas, o casalzinho seguiu em frente, sem muita opção.

Mô parecia preocupada.

– Relaxa Mô. Sua mãe não vai pisar na bola.

– Pisa. Você não conhece a figura que nem eu. Ela vai bem até certo ponto. Aí, dá um "cinco minuto" nela e ela faz o que dá na telha. Môr, uma vez ela deu o *Scooby* pra vizinha. Eu tive que ir lá pegar o coitado de volta. Maior constrangimento!

Quando a construção da casa terminar, Pituxa e Belinha ficarão a salvo. Isto é, se sobreviverem...

O pensamento deixou Landão preocupado.

Os dias passavam.

Os meses passavam.

Landão e Mô, com estratégicas visitinhas aos finais de semana, conferiam o desenvolvimento das cachorras. Tudo parecia mais ou menos aceitável. Pituxa estava se dando bem com o Mimo (o gato laranja de rabo quebrado), pajeava a Belinha (de leve, sem muito compromisso, mais quando a Mila achava de aporrinhar), e continuava dando seus passeios na rua.

Belinha estava cada vez mais forte e ousada, Pituxa estava cada vez mais linda e independente e Mila cada vez mais... Mila.

Mas os sonhos que se sonham, nem sempre dão certo.

Apesar das dificuldades, eles riam demais.

E o universo se incomodou...

As armadilhas da construção estouraram o orçamento. Os pedreiros (e toda a fauna ignorante que os circunda) esgotaram a paciência. As cargas insanas de trabalho esmagaram os ânimos.

As risadas sumiram do ar.

E uma doença terrível achou de se sentar numa cadeira de balanço e ficar olhando pra eles, de butuca...

* * *

– Oi, meu fio. Como tão as coisa? – perguntou protocolarmente a mãe da Mô, pois sabia a resposta.

– Ah, sogrinha, tá feio. Acho que a gente não vai nem se mudar pra casa. Vamo tê que vendê. E olha lá se vamo conseguir achá comprador. O país tá uma bagunça, né? Até que seria possível reverter, teria como, mas ninguém qué ajudá não...

– Mãe, cadê a Pituxa e a Belinha? – perguntou Mô, intrigada com a ausência delas no portão.

– Ô, minha fia, tão aí dentro, não tão?

Mô e Landão foram entrando ressabiados, quando estancaram diante da insólita cena: Pituxa vinha lentamente tropicando pelo corredor, com as patinhas trançando na diagonal; esbarrou numa parede, ricocheteou até a outra, cambaleou mais um metro e arriou no lustroso piso vermelhão. Belinha veio correndo por trás, escorregou desgovernada, atropelou com tudo a Pituxa grogue e rolaram até os pés do aturdido casal.

A senhorinha, ao ver o estado das "criação", logo deduziu o que tinha acontecido e foi saindo de fininho...

- MÃE! Quê que a senhora aprontou?

- Nada minha fia, nada. É que as coisa tá tão difícil, que eu tinha acendido umas velinha pra Santo Expedito, e colocado uma branquinha pra ele tamém. Mas eu acho que esses bicho danado andaro bebendo o meu despacho...

- Môr, que negócio de branquinha é esse? Cocaína?

- Tá lôco? Não, né! É cachaça. Por que você acha que todo mundo conhece a mamãe como "Dona Branquinha"?

- Hahhhh... Agora tudo faz sentido. Tadinha da Pituxa! Olha a situação. A Belinha parece que tá melhorzinha. Bem que eu tava desconfiado que ocê tinha um pezinho na senzala, hein, dona Belinha... Com esses zoinho amendoado de molequinho de favela...

- Môr, menos. Pega a Pituxa e traz pra dentro. Eu levo a Belinha. Vamos dar água pra elas e deixar elas dormirem - disse Mô. E resmungou: - Só me faltava essa... Cachorro bêbado...

No dia seguinte, todo mundo resolveu dar umas voltas na represa, pra arejar as pinguças. No caminho, Landão achou de pegar umas canas-de-açucar, pra chupar os gominhos na beira do lago. Conseguiu pegar algumas poucas, mas achou muito custoso entrar no canavial e deu-se por satisfeito com o que tinha.

Passeavam todos tranquilamente, humanos e caninos, quando o lago surgiu no fim da comprida avenida de acesso à represa. Como havia garças na margem, Belinha (que nunca tinha visto um bicho daqueles) disparou em direção às aves e pulou na água como se fosse um crocodilo com pelos, para horror de Landão, que imediatamente deduziu que ia ter que entrar na água pra salvar a cachorra.

– Minha nossa! – exclamou Dona Branquinha.

Landão colocou suas canas-de-açucar no canteiro e ficou próximo à beirada pra tentar pegar a Belinha.

– Não precisa se preocupar Môr – disse Mô numa calma surpreendente. A Belinha é excelente nadadora.

– Ah, é? E desde quando você sabe disso?

– Eu pesquisei. Ela é uma *dachshund*. E eles são muito ágeis na água – gabou-se Mô.

– *Dachshund*? Então esse é o nome certo da *Cofap*? Bom, isso significa que a demoniazinha é alemã! Tinha que ser...

– Você pode chamar ela de *teckel*, também. E, fique sabendo, é uma caçadora nata. Desentoca qualquer bicho! – Mô sentia-se orgulhosa de sua Belinha.

– Bom, se é assim, vou chupar uns gominhos da minha cana-de-açuc... EI! Larga isso!

Mal Landão se virou, deu de cara com um burro/asno/jumento/jegue/pangaré - não dá pra saber exatamente o que era aquilo - que mastigava com gosto os seus gominhos. Insultado, Landão agarrou na ponta do gomo e puxou com força, mas o bicho não soltou. Começou a se desenrolar um cabo de guerra entre os mamíferos, com Landão numa ponta - argumentando que tivera muito trabalho pra pegar as canas - e o tal bicho do outro, indiferente à falação do adversário.

Toda a gente que estava passeando na represa ficou assistindo ao imbróglio, sem entender nada. Depois de mastigar a cana o quanto quis, o bicho largou Landão com um toco de gomo babado na mão, virou e foi-se embora, rebolando as ancas.

- Pelo menos salvei alguns gominhos - observou Landão, todo suado.

- Acabou o espetáculo? Tava difícil saber qual dos dois era mais quadrúpede. Alguém precisa salvar a mamãe, ela tá caída ali na grama, passando mal de tanto rir - ironizou Mô, já com Belinha no colo.

- Muito engraçado. Também não vou dar nem um gominho das minhas canas pra ninguém. Cadê a Pituxa?

Na confusão, ninguém havia tomado conta da Pituxa.

- Deixa comigo - disse Dona Branquinha, levantando-se do gramado como um robozinho empenado: - PIIIIITUUUXAAAAA!

Pituxa veio correndo, saltitando no meio do mato, numa felicidade só. Chegou perto de Landão toda eufórica, abanando o rabo, coberta de bosta de vaca...

* * *

- E aí, quê que cê acha?

- Tudo bem.

A resposta curta e monocromática de Mô, cinza e sem vida, entregue embrulhada junto com uma tonelada de frustração, oprimiu Landão.

O apartamentinho das trevas e a recém-construída casa dos sonhos haviam sido (mal) vendidos, e eles agora se encontravam com um monte de pendengas pra resolver e, de novo, de mudança.

De pé no gramado tomado pelo mato alto, olhavam para uma edícula construída com material de demolição. Tinha dois cômodos sem janelas, uma varanda com piso encardido, nenhuma área de serviço, três toldos ressecados, cobertura de telha colonial sem forro, e uma piscina azeda com o vinil em petição de miséria.

- A gente ajeita tudo aos poucos, Mô - contemporizou Landão.

- É... A gente ajeita... Pelo menos o terreno é bem grande, dá até pra fazer a hortinha. Mas o mais importante é que a gente pode, finalmente, trazer a Belinha e a Pituxa. Aqui tem bastante espaço.

Ela animou. Era o que bastava. Landão olhou para aquela chacrinha como uma oportunidade que aparece uma vez na vida e imediatamente partiu para a ação. Ajeitou toda a papelada e providenciou a mudança.

– Alô? Mãe? Tudo bem? Olha, a gente tá indo neste fim de semana buscar a Belinha e a Pituxa, tá?

– Nesse fim de semana, agora? Já?

– É, uai! Qual é o problema?

– Nenhum, minha fia, nenhum. Podi vim.

Mô desligou o telefone, meio cabreira.

Viajaram ligeiramente ansiosos, e chegaram à casa da Dona Branquinha pouco antes do almoço. Quando iam apertar a campainha, o portão se abriu e Mô deu de cara com a vizinha do quarteirão de trás da rua, seguida de perto por sua mãe.

– Oi minina! Faz tempo que não te vejo!

– Oi Dona Rosa! Tudo bem?

– Tudo, minha fia. Tua mãe me ligô e eu vim devorvê a cachorrinha que tava comigo. Ai! Ainda bem que ocê vai levá ela, porque eu num tava dano conta dela não. Tchau!

A essa altura, Dona Branquinha já estava fazendo a curva do quintal, em direção à cozinha.

- MÃE!

- Môr, pega leve.

- Eu te falei. Ela tinha dado a Belinha pra vizinha. Ainda bem que a gente vai levar elas. Ainda bem!

- Bom, pra ela ter feito isso, pelo jeito a Belinha deve tá apavorando, né?

- Mais um pio e VOCÊ fica! Eu volto sozinha, com as cachorras!

- Carma!

- Môr, periga da mamãe "desdevolver" a Belinha pra vizinha, igual ao Estha, lembra?

Nota: Esthappen (Estha) é um personagem do excelente romance "*O Deus das Pequenas Coisas*", da escritora indiana Arundhati Roy. Quando seus pais se divorciaram, Estha ficara com o pai, depois com a mãe, depois fora devolvido para o pai e, depois de um tempão, fora "desdevolvido". Mô havia achado tudo aquilo muito surreal. Mas foram duas as coisas que realmente a haviam cativado no tal Esthappen: primeira, "*Estha ocupava muito pouco espaço no mundo.*", ou seja, era calado e reservado; segunda (e muito mais importante), Estha cuidara do longo sofrimento do Khubchand, seu "*amado, cego, careca e incontinente vira-latas de dezessete anos.*".

Bom, Mô ficou tão nervosa com o negócio da dação, que resolveu que iriam embora no mesmo dia.

À tardinha, já com os ânimos aplainados e com as peludas no carro, Landão e Mô preparavam-se para sair, quando Dona Branquinha achou de fazer chantagem para ir também, pois queria porque queria conhecer a chacrinha.

- Ocêis me traz de volta amanhã.

- Tá bão sogrinha, eu te trago amanhã - cedeu Landão.

- Ô meu fio, eu sabia que ocê num ia me negá. Péra aí que eu vô pegá a Mila, pra ela conhecê o lugar tamém...

* * *

Das ideias de jerico que pipocam no universo a todo o momento, levar a Mila junto havia sido, com certeza, uma das mais tontas.

Julgue você.

Distribuição dos humanos no carro: Landão dirigindo; Mô no banco do passageiro e Dona Branquinha atrás, bem no meio, pois as tralhas estavam em cima do banco traseiro, dos dois lados.

Distribuição dos caninos: Belinha com as patinhas traseiras no colo da Mô, as patinhas dianteiras no encosto de braço da porta e o focinho no vidro entreaberto da janela; Pituxa no assoalho atrás do banco do passageiro e Mila em cima da tampa do porta-malas.

Nota: Pituxa ficava enjoada quando andava de carro.

- Nossa! Como tá abafado. Vô abaixar o vidro mais um pouco - disse Mô.

Nota: Belinha nunca tinha andado de carro antes, muito menos na janelinha.

- Mô, cuidado aí com a Belinha, hein?

- Tranquilo, eu tô apoiando ela aqui. E também, ela não é nem doida de pular pra fora, né? BELINHA!!!!

Pois a retardada pulou e desembestou pelo acostamento, entrando no mato. Landão estava bem devagar, mas deu uma instintiva cutucadinha no freio, e Mila passou por cima da cabeça da Dona Branquinha, levando os óculos junto. Mal Landão encostou o carro e ligou o pisca-alerta, Mô saiu em disparada mato adentro atrás da Belinha. Voltou com ela no colo e setecentos mil carrapichos. A Mila foi parar na frente e mijou no banco do passageiro, enquanto Dona Branquinha tentava achar os óculos no meio da tralha. Pituxa limitou-se a vomitar no tapete do assoalho.

Para seguir viagem, foi necessária uma redistribuição dos ocupantes.

Humanos no carro: Landão dirigindo; Dona Branquinha no banco do passageiro mijado (como punição por ter tido a ideia besta de trazer a Mila) e Mô deitada no banco traseiro.

Caninos: Belinha deitada em cima dos carrapichos da Mô; Pituxa no assoalho atrás do banco do motorista e Mila dentro do porta-malas, junto com as tralhas.

Chegaram.

Nota: Pituxa e Belinha já haviam percebido que uma estava à altura da outra, ou seja, se brigassem, as duas se dariam mal. Era melhor, portanto, dividirem o espaço e a atenção da família. Mas isso não se aplicava à Mila...

As cachorras, quando viram tudo aquilo de espaço gramado, saltaram, rolaram e correram como se tivessem chegado à Disneylândia dos cães.

Nota sem nenhum propósito: existe mesmo um paraíso da cachorrada. Fica em Jericoacoara, no Ceará.

Mila achou de marcar todo o território e saiu mijando em tudo que era cantinho da chacrinha.

Pituxa e Belinha não perdoaram.

Elas perceberam, logo que entraram pelo portão, que aquele lugar seria a nova casa delas.

E deram um pau na Mila.

Landão teve que jogar um balde de água fria pra separar elas. Belinha tava no maior apetite pra aplicar mais uns corretivos na "*fox* paulistinha", mas Mô não deixou; colocou cada uma das peludas num cercadinho, cuidou dos bifes que elas haviam arrancado da Mila e foram todos dormir, exaustos.

No dia seguinte Landão levou a sogrinha embora, junto com a Mila, cheia de esparadrapo.

* * *

O terreno grande - quase rural - permitia uma infinidade de peraltices às cachorras; desde caçar pombinhas desavisadas, até levar rabadas de "lagartius" (lagartos teiú) no impertinente e xereta focinho, passando por escavações exploratórias em tudo quanto é pedacinho de terra fofa, o que incluía a recém-cultivada hortinha da Mô. E, é claro, isso sempre rendia boas chineladas.

Mô havia plantado lindos crótons coloridos na divisa entre a piscina e o gramado, e estudava como iria desenvolver o jardim.

Ela parecia quase feliz de novo.

Só quase.

Pra liberar espaço em sua mente, Landão apressou-se em dissolver todos os escombros da malfadada experiência construtiva, fabricando em seu cérebro ácido fluorídrico e despejando-o dentro de um barril de *Teflon*, onde aquelas memórias estavam cativas.

Mas Mô não sabia se livrar de mágoas. Ela etiquetava tudo, e guardava em um cofre de aço.

Então, a doença terrível que os tocaiava se cansou de só balançar na cadeira. Levantou-se, determinada, e lhes deu um tapão na cara.

- Mamãe tá muito doente, Mô. Eu preciso fazer alguma coisa - disse Landão, angustiado.

- NÓS vamos fazer Môr, juntos - confortou Mô. - Nós vamos dar um jeito de amparar ela.

E deram.

Mas, para isso, assumiram muitos riscos.

Talvez, riscos demais.

* * *

– E sua sogra, fia, como tá? – perguntou a mãe da Mô.

– Tá estável, por enquanto. Mas nossas coisas tão muito travada, mãe. A gente faz tudo certinho, mas nada prospera mais. Parece até que tem alguma bola de ferro acorrentada nos pé da gente.

– Fia, ocê bem sabe o quê que é isso, né? Ocêis dois são muito impetuoso, muito independente. Isso incomoda os ôtro. Essa confiança que ocêis tem, pros ôtro é arrogância, orgulho, metideza. Eu vô te dizê com todas as letra: tem encomenda aí, pode crê – anunciou soturnamente Dona Branquinha. – Vamo eu e ocê num Centro.

Foram.

– Onde cê foi? Num Centro?!

– É Môr. E você vai também, na semana que vem, comigo. Parece que o bicho tá pegando pro nosso lado.

– Ah, não! Me "inclui" fora dessa!

– Você só vai ouvir, não vai fazer mais nada.

– Mô, eu não sei o que pensar sobre essas coisas. Minha visão de mundo se baseia no que eu vivencio. E eu nunca vivenciei nada "paranormal"! Mamãe contava umas estórias esquisitas, sobre um antepassado ter sido amaldiçoado, mas são estórias, oras!

– Pra tudo tem uma primeira vez. Você vai comigo, ouve o que eles vão dizer e, se achar que não tem nada a ver, você não volta. É simples assim – encerrou Mô.

Foram.

– Então, pelo que eu entendi, eles vão tomá as providência pra abrir os nossos caminhos, que tão bloqueados, não é isso? – conferiu Landão.

– Môr, você ouviu muito bem o que eles disseram. Eles vão ajudar e tudo vai melhorar. Mas antes de melhorar, vai piorar, porque o outro lado vai reagir quando for cutucado. Nós vamos ter que aguentar...

Piorar? – Pensou Landão.

Naquela noite, Belinha começou a chorar na frente do quarto deles, arranhando insistentemente a porta com as unhas. Mô levantou e, assim que pôs a cara pra fora do quarto, Belinha disparou a ganir, correndo desesperadamente até a varanda, voltando e repetindo o trajeto, até que Mô entendesse que era pra ela segui-la. Mô encaminhou-se pé por pé até o final da varanda, enquanto Belinha corria para a beirada da piscina.

- PITUXA!!! - exclamou Mô ao achegar-se na borda, do lado de Belinha. Ajoelhou-se no chão de pedra rapidamente, enfiou decidida a mão na água e pegou a cachorrinha, que já estava quase sem forças.

Landão não acordou, parecia mumificado.

* * *

- Não acredito que tudo isso aconteceu e eu não acordei. Meu sono é pesado, é verdade, mas pelo jeito foi um furdunço danado! - desentendia Landão, enquanto tomava seu café na mesa da varanda, próxima à cozinha, com Pituxa aninhada entre os seus pés.

- Você tava mortinho da silva, Môr. Pra você ver como era grave, nem roncando você tava!

- Vixe! Mas esse negócio da Pituxa cair na piscina não faz o menor sentido. Ela já tava pra lá de ambientada, né Pituxa? - Landão inclinou-se para baixo, na direção dela, que se limitou a levantar uma das orelhas, sinalizando que havia escutado, abaixando-a em seguida.

- Eu sei é que, se não fosse a Belinha, nossa Pituxa já era. Belinha foi muito inteligente naquela hora. Chama ela de faveladinha agora, chama.

Landão levantou-se e pegou a chave do carro.

- Ué. Aonde cê vai?

- No mercadinho. Vou comprar uns bifão de fígado pra Belinha. Ela merece.

* * *

Pituxa passara a adotar uma distância segura das bordas da piscina. Nunca se aproximava a mais de meio metro.

"Cachorro mordido de cobra, tem medo até de linguiça.".

A sabedoria popular sempre se consagra. Já Belinha, como bom crocodilo que era, não perdia uma única oportunidade de nadar com Mô.

Landão ficava inconformado com tamanha desenvoltura da bichinha na água. E, às vezes, ele ficava na varanda só observando aquele réptil disfarçado tomar sol; ela ficava horas e mais horas imóvel, com a boca aberta...

Sei não. Acho que debaixo daquele pelo periga de ter escama...

O casal precisava desanuviar um pouco, e resolveram convidar os amigos para um churrasco.

Conforme o pessoal ia chegando, eles iam avisando:

– A Pituxa é de boa, mas cuidado com a Belinha, porque essa morde.

Como sempre tem alguém que gosta de testar as afirmações alheias, não demorou muito e Belinha estava saboreando um naco do nariz do amigo Gil.

- Puta merda! Ela avançou na minha cara!

- Bem feito. Desde que nós chegamos você tá cutucando a cachorra - disse a esposa do Gil. - Eles avisaram...

- Não brinco mais também! - resmungou Gil, com um *Band-Aid* enorme (que a Mô fez questão de pôr só de sacanagem) ornando o nariz de fora a fora.

A festa seguia animada e divertida e, com todo mundo bêbado, ninguém tava vendo mais cachorro nenhum.

E o portão estava aberto...

A certa altura, mesmo com a música no toco, todo mundo ouviu um estardalhaço vindo lá de fora e correram para o portão.

Nem Salvador Dali imaginaria aquilo.

Pituxa e Belinha vinham descendo a rua com mais de um metro de língua pra fora, correndo mais que guepardos esfomeados atrás de gazela gorda, tão aflitas que passaram voando pela frente da casa, perseguidas de perto por uma horda de *pinschers* furiosos. No meio da confusão, uma penca (não sei qual é o coletivo desse bicho) de galinhas-d'angola, que ciscavam ali perto, foi embrulhada na correria e revidaram, distribuindo bicadas a torto e a direito nos *pinschers*, enquanto Pituxa e Belinha davam no pé, fazendo a curva do Cabo da Boa Esperança bem lá embaixo.

A turma voltou para a cerveja e o saldo do evento foi contabilizado por Mô, Landão e o vizinho da chácara lá de cima, onde moravam os *pinschers*: 01 (um) *pinscher* irrecuperável (morto mesmo), 06 (seis) *pinschers* bastante prejudicados (bicados na cabeça, mas operacionais) e 13 (treze), muito bem, obrigado.

Do lado das penosas não ouve baixas, apenas uma ligeira diminuição na quantidade de penas. Nada sério.

- Meu amigo, como isso foi acontecer? - indagou Landão para o vizinho.

- Ah, meus caros, a culpa é minha - disse o vizinho. Eu fui lavar a caminhonete na calçada, deixei o portão aberto e meus bichinhos saíram. E não tem jeito, eles são encrenqueiros por natureza, né? Os cachorros de vocês tavam do outro lado da rua, mas quando um bando vê outro, vira angu de caroço mesmo!

É, vira.

Mô ficou observando o vizinho colocar seus 20 *pinschers* na caminhonete. Os 19 sobreviventes, na caçamba, e o falecido, numa caixinha de sapato que tava jogada na cabine. Não aguentando, antes que ele entrasse no veículo e começasse a subir em direção à sua casa, Mô perguntou:

– Desculpa se eu parecer intrometida, mas, como é conviver com tantos cachorros assim?

– Ah... É muito amor, moça. Muito amor.

Mô desmoronou.

À noitinha, quando quase todos os amigos já haviam ido embora, as duas arteiras apareceram esfomeadas no portão, como previsto.

Belinha puro barro.

E Pituxa, coberta de bosta de vaca. Outra vez.

* * *

As coisas começaram a andar de novo e, dos esforços que eles haviam feito para amparar a mãe do Landão, os primeiros frutos se ofereceram para a colheita. E as sementes foram ressemeadas, pois tudo indicava muitas colheitas mais.

Os churrasquinhos com os amigos ficaram mais frequentes, e o casalzinho parecia, finalmente, ter engatado a 5ª marcha.

Certa noite, porém...

Landão estava "fritando bolinho" na cama, rolando de um lado para o outro, desconfortável. Alguns diriam (com razão) que é burrice traçar uma pizza napolitana/quatro queijos depois das onze da noite, mas ele discordava. Um ruído de unhas raspando contra o piso cerâmico foi completamente sobreposto pelo barulho de coisas caindo no chão. Mô estava dormindo profundamente, abençoada pelas trocentas *Heineken* que tomara na pizzaria. Landão saiu do quarto para a varanda sem acender a luz, pois era lua cheia e tudo estava claro. Percebeu que algumas das pesadas cadeiras de madeira, que compunham a mesa da área de churrasco, estavam tombadas. Ao se aproximar, viu uma poça de um líquido meio viscoso, rubro, e mais adiante uns respingos, e um risco avermelhado nas pedras ao redor da piscina, como se algo do porte de um cachorro médio tivesse sido arrastado por aquele caminho. Qualquer toupeira deduziria que aquilo era sangue. Landão voltou, foi até a área dos fundos e conferiu dentro das casinhas de madeira: Pituxa, estranhamente, dormia na dela; a da Belinha estava vazia. Retomou, tenso, a trilha *hitchcockiana* e deteve-se perto dos crótons, na divisa com a área gramada. Amoitou-se ali e ficou tentando entender o que estava acontecendo. Viu dois vultos no meio do gramado, banhados pelo luar, mais ou menos do mesmo tamanho. A essa altura, seu pensamento só tinha dois caminhos: *ou Belinha matou algum bicho, ou algum bicho matou a Belinha.*

A segunda opção era aterradora. Do mesmo modo que ele havia estabelecido uma conexão de alma com Pituxa, Mô havia feito o mesmo com Belinha. Lembrou-se de que ela contara vantagem sobre as habilidades de caça dos *dachshund.* Apostou na Belinha, tomou coragem e aproximou-se devagar dos corpos envoltos pela grama alta, com o coração em suspensão. Belinha estava com uma das patas apoiada sobre a garganta de um bicho quase do tamanho dela. Landão agachou cautelosamente e Belinha, serenamente, levantou-se, olhou fixamente para ele, deu as costas e seguiu para sua casinha, sem dar sequer uma abanada de rabo. Landão pôde, então, identificar a vítima. Era "A" ratazana, com toda certeza a maior que já pisara na face da terra. Uma verdadeira *Ratzilla*! Considerando a extensa cauda, aquele bicho bem podia ser maior que a Belinha. Sua garganta estava exposta, como se um *rottweiler* a tivesse destroçado. Landão enfiou na mão duas sacolas, dessas de supermercado, pegou o roedor pela cauda, levou até um terreno acima da chácara e ofereceu às corujas o petisco. Deu uma limpada na bagunça, de leve, sem fazer barulheira e lavou-se.

Sentou-se na varanda com um leitinho com *Toddy* e ficou admirando a "Superlua". Pensou em lobisomens e cenas de terror. Lembrou-se que a lua estava tão bonita quanto a que brilhava na Londres do século XIX, quando Vlad, metamorfoseado em lobo, foi visto por sua amada Elisabetha (nas carnes de Wilhelmina) e sentiu vergonha, na clássica cena do filme do Coppola, *Drácula de Bram Stoker*.

É. Até monstros podem envergonhar-se.

Pensou nas coisas "do outro mundo". Pensou em tudo que ainda não entendia e lembrou-se do que disseram no Centro: ... *antes de melhorar, vai piorar, porque o outro lado vai reagir quando for cutucado...*

Deu uma olhada na casinha das peludas. Ambas dormiam.

Preciso ter mais respeito por essa salsicha...

E foi dormir.

* * *

Mô havia ficado surpresa com a narrativa de Landão sobre a ratazana. Quer dizer, surpresa com a presença do roedor, bem entendido, pois o fato de Belinha ter estraçalhado o bicho daquele jeito, só fez com que ela não parasse mais de tagarelar, para os quatro ventos, como era corajosa essa sua caçadora.

– Ratos, podem vir! Belinha põe todo mundo pra correr!

– A Belinha podia pôr pra correr também essas moscas-varejeiras nojentas que têm aparecido. Cê já reparou? Eu já vasculhei tudo quanto é lugar dessa casa e não achei nada que pudesse tá atraindo esses trem asqueroso – protestou Landão, aplicando um certeiro "PAFFF!!" num exemplar em questão.

– É... eu reparei mesmo... Mas tá tudo certo por aqui. A gente tira o lixo todo dia, catamos os nº 2 das cachorras todo dia, recolhemos as pombinhas estripadas todo dia... Tá tudo normal. Não tem mesmo um porquê dessas coisa aparecê – concluiu Mô.

Como de costume, Mô havia lavado toda a área em volta da casa. À tardinha, uma fuligem preta e fina começou a cair e tudo ficou coberto por aquela espécie de cinza poeirenta.

- Tá certo que hoje é Quarta-feira de Cinzas, mas assim já é demais, né? - resmungou Landão.

"... porquanto tu és pó, e em pó te hás de tornar."

(Gênesis 3:19)

A Quaresma daquele ano começara.

E pelos próximos quarenta mil anos haverá de reverberar no coração deles...

Durante toda a semana, sempre logo depois que caía a chuva, caía também aquela fuligem preta e fina, ou seja, o resultado era lama. No sábado, a piscina estava verde, um lodaçal só, e Landão ficou imaginando que a qualquer momento, o infeliz Alex Olsen poderia sair dali como *O Monstro do Pântano*.

- Putz! E não é que tem um troço se mexendo lá no fundo?

Landão não conseguia enxergar o fundo da piscina, pois a água estava muito turva, mas, com esforço, via uma massa negra se movimentando lá. Pegou uma redinha de tirar folhas e pôs-se a caçar o que quer que fosse aquilo. Pegou.

- QUÊ ISSO?!

Até hoje o fato não tem explicação. Landão jogou a redinha no chão, assustado, e ficou olhando aquela coisa andar pra trás até a beirada da piscina. Mais calmo, identificou o ser:

- Um caranguejo! Mas como essa criatura veio parar aqui na minha piscina?!

Pituxa rapidamente se apresentou para a tarefa de investigar o crustáceo, mas ficou meio inibida com a aparência daquilo e limitou-se a fazer pose. Já Belinha, chegou apavorando, levou um beliscão no nariz e desistiu de qualquer atitude mais heroica. Ratazanas são mais fáceis.

Landão pegou o bicho de novo com a redinha, colocou-o num balde com água, pôs no assoalho do carro, dirigiu até o riacho que havia nas redondezas e despachou o alienígena.

Quando mostrou pra Mô a foto que havia tirado do invertebrado pra evitar qualquer acusação de *delirium*, ouviu:

- Cê tá lôco! Como isso veio parar aqui?

Vai saber. Mô teve uma premonição:

Um bicho que anda pra trás... Será que nossa vida vai andar pra trás?

Ia.

Mas ainda tinha mais coisa pra sair daquela piscina...

Conforme a Quaresma jejuava dia a dia, Landão e Mô iam catando uma varejeira aqui e outra acolá.

- Môr, isso tá estranho. Essas mosca-varejeira não tão fazendo enxame. A gente acha uma na sala, uma na cozinha, uma no quarto...

- Mosca faz enxame? - provocou Landão, e já desviou: - Mas cê tem razão. Eu também tenho visto elas sempre isoladas. Será que são tipo "batedoras", inspecionando o terreno pra depois ir avisar o enxame?

Às vezes Mô não sabia se Landão estava zoando ou se realmente se preocupava.

- Você vai ver o enxame de vassouradas que eu vou dar na sua cabeça... Você não vai limpar essa piscina? Ajuda né? Fica essa coisa esverdeada aí.

- A piscina tá clorada, e o tal PH tá ok. Tá esquisito e... Ei! Vem cá Mô! Dá uma olhada aqui na beiradinha.

- Êê... credo! Parece que tem uns grilinhos nadando aí... Limpa logo esse troço!

Landão clorou, barrilhou, sulfatou, escovou e peneirou a piscina. Tirou com a redinha os insetos esquisitos que tavam na água e jogou na grama. A água ficou translúcida de novo e o azul do vinil ressurgiu.

Usufruir de uma piscina em casa era um antigo sonho dos dois. O que eles não sabiam era que o universo precisava dos sonhos para dar vazão aos pesadelos.

Entre moscas-varejeiras nada paladinas nos cômodos e algas sacanas na piscina, a Quaresma ia chegando ao fim.

Pituxa andava meio amuada, mas o tempo havia estado muito abafado, então, normal. Belinha não parecia ter sido afetada.

No Domingão de Ramos, lá foi Landão lutar com a piscina verde de novo. Conseguiu obter, depois de alguns exaustivos procedimentos, uma água satisfatória, não fosse pelo inconveniente de haver, nadando rente ao fundo e às paredes laterais, dúzias daqueles grilinhos submarinos que antes havia mostrado para Mô. Só que agora, eles estavam maiores. Caçou todos com a redinha (ou pelo menos achou que havia caçado) e tornou a jogá-los na grama.

Semana Santa. A Santa semana...

Segunda-feira Santa.

Landão chegou a casa por volta das 20 horas. Logo que passou do portão, viu Pituxa deitada no chão, próxima ao Ipê-amarelo que ficava na linha externa do gramado.

- Pituxa! Quê que cê tá fazendo aí, toda suja de terra?

Ela não fez um gesto sequer. Não abanou o rabo. Não levantou as orelhas. Não tamborilou com as patinhas.

Nada.

Landão fez um cafuné nela e foi tomar um banho. Passou pela piscina - que havia limpado no domingo - e viu que estava azeda de novo. Beijou Mô na cozinha e comentou da apatia da Pituxa. Mô falou que devia ser o calor.

- A terra é fresquinha, elas gostam.

Mas nem ela acreditou naquelas palavras.

Terça-feira Santa.

Pituxa passara o dia do lado do Ipê, só que agora havia cavado um buraco e se aninhado dentro dele. Saía só pra tomar água e ciscar uns grãos de ração, muito poucos. Voltava, se enfiava ali e ficava.

- Môr, eu não sei o que a Pituxa tem. Ela não tá com febre nem nada, não tá machucada, o focinho tá geladinho... Mas olha só pra ela, ela tá parecendo um zumbi, Môr! E eu tô muito angustiada.

Landão foi até o Ipê, sentou-se do lado de Pituxa e ficou lá com ela um tempão.

Quarta-feira Santa.

A apatia de Pituxa persistia, embora sem quaisquer sinais de agonia física. Mas o buraco na sombra do Ipê havia ficado enorme. Não era mais um ninho. Era uma cova.

Quinta-feira Santa.

Landão chegou a casa tarde de novo, após as 20 horas. A responsabilidade que tinha para com os compromissos profissionais o impregnava de uma forma irritante para Mô. Isso acabaria por implodi-lo um dia.

Pituxa não estava no buraco, mas, sem saber bem porque, Landão não ficou aliviado por isso. Foi entrando ressabiado, agoniado. Ao se aproximar da suíte do casal, viu, pela porta aberta, Pituxa em cima da cama *king size*, em posição de "esfinge", toda suja de terra. Tão suja que ninguém diria que um dia ela fora branca com manchas pretas.

Nota: nunca, jamais, em tempo algum, por mais querido que fosse, um bicho, aéreo, aquático ou terrestre, subira na cama da Mô. Nem o *Scooby* antes, nem a Pituxa ou a Belinha depois.

Mas lá estava ela, bem no meio da cama. Isso era muito bizarro. Pituxa nunca havia desafiado aquele limite. As luzes do quarto estavam apagadas, e Landão entrou no cômodo servido apenas pela luz da varanda. Deu dois passos pra dentro e três pra trás, saindo horrorizado dali e gritando:

- MÔ? MÔ? CADÊ VOCÊ PORRA!

– Tô aqui! Eu tava na horta. Quê que foi?

– AQUILO NÃO É A PITUXA! – desesperou-se Landão. NÃO TEM VIDA NAQUELES OLHOS, MÔ, NÃO TEM!

Mô achegou-se à porta e congelou. Landão ficou do lado e viu como aquilo olhou pra ela. Duas esferas negras, profundas e vazias.

– Sai. Me deixa com ela.

Landão ficou ali catatônico, observando Mô entrar no quarto e fechar a porta.

Sabe-se lá quanto tempo se passou.

Finalmente, Mô abriu a porta. Pituxa pulou da cama, passou pela estátua do Landão e rumou para o buraco perto do Ipê.

– Se ela passar de amanhã, ela vive e fica com a gente. É o que "eles" me disseram.

Landão virou pedra no meio da varanda, pelo resto da noite. *Eles quem, pô?*

Sexta-feira Santa.

Pituxa ficara enterrada no seu buraco desde a noite anterior, sem sair pra fazer nada.

Nada mesmo. Nem nº 1, nem nº 2, nem beber água, nem comer.

À noitinha, Mô falou:

- Vamos internar ela no hospital veterinário, pra ela ficar no soro, senão ela vai desidratar e definhar. É só o que a gente pode fazer.

E assim fizeram.

Sábado dos infernos.

Landão, pra se ocupar, fora limpar a porcaria da piscina de novo. Não havia conseguido dormir. Jogou uma tonelada de cloro na água e desafiou até a mais desaforada das algas a ficar de pé. Satisfeito com a reação química, ficou a observar o genocídio daqueles incômodos turvadores de água de piscina, passando a aspirá-los com certo prazer.

Terminado o serviço, declarou guerra àqueles malditos grilinhos aquáticos, que agora pareciam grilões. Ao invés de pegar a redinha, resolveu entrar na água e sugá-los freneticamente com o aspirador. Foi atacado por todos os lados pelas aberrações e descobriu, atônito, que elas picavam!

Coberto de mordidas, dolorido e irritado, passou a vasculhar a piscina, certificando-se de que tinha aspirado toda e qualquer coisa que se mexia na água.

Saiu da água, correu até a casa de máquinas, retirou o cestinho de retenção do filtro e deu um pulo para trás.

- Puta que pariu! O quê diabos são essas coisa?

Esvaziou o cestinho no chão e não acreditou em como eram feios aqueles insetos. Eles pareciam um cruzamento de grilo com camarão, ou, pior, com barata! E como fediam! Parecia peixe apodrecido!

Landão correu até o computador e pesquisou por "insetos na piscina", e surgiu uma denominação que o deixou muito preocupado: aqueles percevejos aquáticos eram conhecidos como "barqueiros".

Nota: na mitologia grega, o barqueiro *Caronte* conduzia almas de recém-mortos.

Barqueiros remetiam a morte.

Landão não teve dúvidas: ensacou a massa de *notonectídeos* e meteu fogo neles.

Estava sentado na varanda, esgotado, quando o telefone tocou.

Era do hospital veterinário.

Pituxa acabara de falecer.

Sem diagnóstico fechado.

Causa Mortis: desconhecida.

Landão deitou no chão da varanda, e morreu pela primeira vez em sua vida.

* * *

Domingo de Páscoa, Dia da Celebração.

Mas nada havia para ser celebrado ali.

Pituxa não ressuscitaria naquele domingo e, bem sabiam eles, nem em nenhum outro dia.

Landão não saiu do quarto. Ficou o dia todo deitado, olhando fixo para as pás do ventilador no teto, que giravam contrariadas. Imaginou, por um instante, o crematório coletivo de animais. Teve nojo e vergonha de si mesmo; deveria tê-la buscado e enterrado ali, perto deles, no terreno.

Mas a Belinha iria cavoucar... Iria... Eu não suportaria isso...

Mô perambulava pela casa sem propósito e sem rumo. Havia cozinhado burocraticamente uma gororoba qualquer, mas acabou que nem chegou a tocar no prato.

Alguns podem pensar: *É só um cachorro...*

Se você é um desses, talvez mais adiante você reavalie sua opinião.

* * *

Haviam chegado ao Centro pouco antes das 19 horas. Precisavam entender o que fora aquilo.

Landão não queria falar com assistentes. Se houvesse uma, queria a entidade responsável. Mô também achou que era o caso.

A entidade se apresentou.

- Disseram que iam ajudar a "destravar" nossos caminhos, porque havia forças empenhadas em nos prejudicar - iniciou Landão.

- E posso garantir que ainda há - interveio a entidade.

- Seja lá o que for, não tinha o direito de fazer mal à minha Pituxa! Minha cachorrinha é inocente de qualquer pendenga enferrujada que possa estar por aí se arrastando pelos séculos, se isso existir mesmo. Que viessem atrás de mim! Não dela!

- Calma Môr.

- Mas que droga Mô! Ficar calmo de que jeito? - exaltou-se ele. - Eu não sei como funciona essas coisa! Eu posso enfrentar o mundo real, mas eu não posso combater o que eu não entendo! Se eu soubesse que havia um preço, e a Pituxa acabaria pagando o pato, eu nunca teria aceitado ajuda nenhuma! Isso custou caro demais! Eu nunca que pagaria esse preço!

- A escolha foi dela - disse a entidade.

- Como assim?

- Sua cachorra se interpôs entre o mal e vocês.

Landão calou. Mô começou a chorar.

- Enquanto as ações de vocês dois resultarem em amparo a sofredores, haverá retaliação - disse serenamente a entidade. - Os animais possuem mais discernimento do que a imensa maioria das pessoas consegue compreender. Saiba que o sacrifício que sua cachorra, sua Pituxa, fez, foi por opção dela. E ela já foi resgatada, já está amparada. As batalhas irão continuar, mas hoje vocês podem ir em paz.

Então é isso.

Não era só uma cachorra.

Brinde de saquinho de ração, que adorava rolar em bosta de vaca, Pituxa fora leal a eles como nenhum ser humano jamais havia sido.

* * *

A mãe da Mô tinha vindo passar uns dias com eles. A casa andava tristonha e desbotada.

Murcha.

Belinha vagava pelo amplo terreno, andando a esmo, ignorando até mesmo as pombinhas mais suicidas.

- Cêis tem que arrumá uma companhia pra Belinha. Eu posso trazê a Mi...

- Não! Brigado, mas acho que a Mila não ia ajudá em nada - interrompeu Landão, matando a ideia no ninho.

- Tá bão. Não tá mais aqui quem falô.

Os dias passaram.

As moscas-varejeiras e os barqueiros, assim como surgiram, desapareceram.

Os meses passaram.

Belinha emagrecera. Recusava petiscos. Não exibia mais os ratos que pegava. Passara a executar as tarefas de guardiã da casa com total desídia.

Belinha-funcionária.

Era deprimente.

- Mamãe tem razão. Nós vamos ter que arranjar companhia pra Belinha. Se ela não tiver com quem competir nessa casa, ela vai enlouquecer! E eu também! - disse Mô.

Foram ao *pet shop*.

Landão olhava atentamente para as bolinhas de pelo, mas não conseguia se decidir. Procurava o impossível: a personalidade da Pituxa.

Mô viu um filhotinho bege, muito fofo, com carinha de labrador, e se apaixonou.

- Môr, quê que cê acha?

- No quesito fofura, é imbatível. Mas não cresce muito? E precisa ser fêmea. Um macho perto da Belinha e teremos encrenca da grossa. Ela vai querer mandar nele, igual você comigo... - provocou Landão.

Mô já ia partir para o contra-ataque.

- É fêmea sim - salvou a funcionária do *pet shop*. - E ela é mestiça, não vai ficar do tamanho do labrador verdadeiro, vai ficar de tamanho médio, com uns 18 quilinhos.

Nisso, Landão viu um filhote branquinho com manchas pretas, que estava junto com outros bigatos numa caixona de papelão, separados dos demais. Pegou a criatura na mão, constatou que era fêmea, ganhou umas lambidas e decidiu levá-la.

- Môr, vamos levar as duas?

- Que gracinha, ela lembra a Pituxa. Eu sei que é por isso que você quer levar. Mas a Pituxa não tinha o pelo arrepiadinho desse jeito.

- A Pituxa sempre será insubstituível. E esses pelinhos arrepiados são o charme dela. Vou chamar de Bisteca.

- Bisteca? Por que Bisteca?

- Ah. Sei lá. Me veio na cabeça. Mas combina com ela, cê não acha? E fica engraçadinho.

- Então tá. *Melhor não contrariar.* - Pensou Mô. - E nossa quase-labrador? Como a gente vai chamar?

- Chama de Mel, por causa da cor - palpitou a esperta funcionária do *pet shop*.

- Amei! Ela tem carinha de Mel mesmo, não é Môr? - perguntou Mô para Landão, que estava todo distraído com sua Bisteca.

- Tem mesmo tudo a ver com Mel. Eu gostei - confirmou Landão.

- Quanto vai ficar? - perguntou Mô para a funcionária do *pet shop*.

– Nós não temos uma casinha pra Bisteca – lembrou Landão. – Temos que comprar.

– Na Mel eu dou um bom desconto, se vocês levarem um kit de cuidados. Comprando a casinha, a Bisteca sai de graça.

E lá se foram eles pra casa, com as novas integrantes da família: Mel, labrador falsificada e Bisteca, vira-lata, brinde de casinha de madeira...

* * *

Sem surpresa, Belinha ficou dividida entre sentir alegria por ter companhia e sentir ciúme por ter concorrência.

Sendo dona Belinha, "Belinha" como ela só, com instinto maternal zero (lembrem-se que ela fora criada pela Mila...), a ciumeira prevaleceu.

Então eles optaram por não arriscar quando saíam: se Belinha ficava restrita aos fundos da casa, Mel e Bisteca ficavam com o resto; se Belinha ficava solta, as fofinhas ficavam com os fundos.

Todo mundo junto, só sob supervisão. Pelo menos até que as pequenas crescessem um pouco.

Às vezes Landão sentava-se na varanda e ficava observando as diferentes personalidades. Mel era danada, como todo filhote, mas era nitidamente mais servil. Bastava que Belinha chegasse botando banca na área, que Mel ficava mais reservada, "na dela".

Já Bisteca mostrara-se totalmente desvairada.

Exemplo: Belinha tinha a casinha dela, já meio carcomida nas beiradas da entrada; Mel ficara com a casinha que era da Pituxa, também já meio combalida; Bisteca tinha ficado com a casinha nova. Pois bem. Belinha havia deixado bem claro que todas as casinhas agora eram dela, e que ocuparia a que quisesse, escolhendo, invariavelmente, qualquer uma que já estivesse com alguém dentro. Mel não discutia; desocupava e ia pra outra. Se a Belinha viesse atrás (o que fazia sempre, só pra desalojá-la de novo), ela saía. Mel saía quantas vezes fosse preciso. Bisteca não. Além de recusar sair quando a Belinha entrava na casinha que ela ocupava (o que obrigava Landão ou Mô a intervir), a louca, sempre que ia chegando, achava de querer entrar justo na casinha em que a Belinha estivesse!

Sem noção.

Um belo dia, Landão estava esparramado na *King Size* do quarto, com a porta aberta, quando viu a Mel, de barriga pra cima, atravessar a varanda arrastada pela Bisteca, que a puxava com a boca por uma das orelhas.

Quando já ia levantar para as providências, viu a Bisteca passar de barriga pra cima, arrastada pela Mel, que a puxava com a boca por uma das patinhas.

Filhotes...

* * *

Parecia que a integração entre as cachorras estava indo bem, e eles começaram a deixar as três conviverem mais livres.

Mel havia se mostrado uma comilona, então, sua vasilha de ração sempre ficava separada, pois ela fazia questão de degustar sua refeição. Nunca comia com pressa. Colocava as duas patinhas em volta do recipiente, enfiava a cara nele e mandava ver. Não é à toa que estava crescendo rápido, forte e bonita.

Bisteca tinha o dom de tumultuar. Ciscava sua ração um pouquinho e rumava para as sobras da Belinha (a Mel nunca deixava sobras, sempre raspava o prato). Embora satisfeita, Belinha voltava e reivindicava a vasilha, só pra mostrar pra xereta quem é que mandava.

Isso preocupava um pouco o casal, pois Belinha era agressiva, mas Bisteca já havia torrado a paciência da Belinha um monte de vezes, e tudo que ela fizera fora dar uns rosnados mais intimidadores.

Como era sábado, resolveram sair para jantar e julgaram que não seria mais necessário ficar prendendo elas.

Foram na churrascaria preferida de ambos e, entre cervejas geladas, picanhas suculentas, galetos, pururucas e queijinhos no espeto, o relógio alcançou vinte e duas horas.

- Nossa! Vambora.

Chegaram meio lerdos, loucos pra cair na cama e tirar um cochilo, mas primeiro foram ver como estavam as fofuras.

- Não tô vendo a Bisteca. Cê tá?

Landão olhou nos fundos e... Nada! Chamou, mas ela não deu o ar da graça. Olhou na piscina, debaixo da cama, no gramado e... Nada!

Mô sentiu um calafrio, mas pressentiu que não fora por causa do ar gelado. Ouviu bem quando Landão gritou:

- PRENDE A BELINHA, MÔ, RÁPIDO!

Mô a trancou nos fundos, conferiu se a Mel estava na casinha e foi instintivamente na direção da voz de Landão.

Encontraram-se próximo ao portão. Landão estava com Bisteca nos braços, toda ensanguentada, mas ainda respirando.

- Môr, vamos agora com ela até o pronto-socorro veterinário! Eu dirijo!

Mô saiu acelerando, cruzou sinais vermelhos, buzinou pra tudo quanto é roda-presa que surgiu na frente, mas percebeu, pelas lágrimas no rosto de Landão, que era tarde demais.

Bisteca dera seu último suspiro.

O veterinário plantonista do hospital destruiu qualquer esperança:

- Não tem o que fazer, eu sinto muito. A garganta está toda perfurada.

Combinaram o encaminhamento do corpinho dela e voltaram arrasados para casa. Durante o trajeto, não trocaram nenhuma palavra.

Mô entrou e foi direto até os fundos da casa, onde a Belinha estava. Deu-lhe uma chinelada tão forte nas ancas, que ela rodopiou.

Voltou chorando e se trancou no quarto.

Landão sentou-se na sala e ficou lá, com o sangue da Bisteca impregnado na sua jaqueta de couro preferida. Pensou nas trágicas coincidências envolvendo suas duas cachorrinhas.

Sábado dos infernos...

Exaurido, apagou ali mesmo.

No dia seguinte, domingo, resolveu dar uma olhada no lugar onde havia encontrado a Bisteca agonizando, próximo ao Ipê-amarelo onde a Pituxa havia feito seu tenebroso buraco.

Achou um osso de chuleta, provavelmente sobra de um dos churrascos.

A Belinha devia ter enterrado aquele osso ali, pra roer depois.

Provavelmente, a Bisteca achou...

Nota: pra quem não sabe (como o Landão não sabia) a chuleta, ou carré, é o bife de contrafilé com osso. Também tem outro nome: bisteca.

* * *

Cansados das constantes e desagradáveis ironias do destino, decidiram que não arriscariam mais nenhum outro bichinho.

Mel crescera consideravelmente e já estava maior que a Belinha. Nunca ter ameaçado o reinado da *Cofap* fora o segredo para sua sobrevivência. Sábia estratégia.

- Cê já reparou como a Mel é dócil e meiga? - perguntou Mô. - Ela até tenta fazer barulho, mas fica só na encenação.

- Ela é *Sonrisal*: só agita; late, mas não morde - respondeu Landão. - Eu andei pesquisando por que a Mel tem o pelo mais curto, diferente daqueles labradores com os pelos compridões que se vê por aí - continuou. - Achei que fosse por causa da metade vira-lata dela, mas não é. E ela é servil pelo mesmo motivo dos pelos mais curtos.

- E que motivo seria esse?

- A Mel é *labrador retriever* e a parte vira-lata dela é, na verdade, bem pequena, viu? Ela não é pura, ou seja, não é da realeza, mas podemos dizer que ela até que passaria como aristocrata.

– Ah, vá! – desacreditou Mô. – Tô pasma.

– E o professor *Google* também explicou que *retriever* significa "buscador" ou "recolhedor", que é a característica principal dessa raça: eles são ótimos em recolher a caça abatida e entregá-la inteira ao caçador. Ser servil é uma qualidade da linhagem da Mel, não dela especificamente.

– Incrível! – exclamou Mô. – Pra mim, isso explica várias coisas. Nós temos mesmo muito o quê aprender com esses bichos. Imagina você, mandar a Belinha buscar uma caça; ela iria fugir com o seu pato e voltar só com as penas.

– Então... Assim como servir é instintivo pra Mel...

– Matar é instintivo pra Belinha.

Mô completou a frase de Landão com um sentimento misto de culpa e arrependimento.

Havia punido sua amada cachorra naquele fatídico dia porque fora incapaz de compreendê-la.

* * *

Como já havia prenunciado o caranguejo na piscina, Mô e Landão estavam agora andando para trás. Assistiam, impotentes, a ruína de tudo o que haviam construído com tanto esforço nos últimos anos.

Outra doença terrível acometera a mãe do Landão, dando-lhe agora não um tapão, mas um soco na cara. Ela se foi, e ele morreu pela segunda vez em sua vida. Mas mesmo seu coração tendo caído nas costelas, ele seguiu batendo. Exausto e arrítmico, mas batendo.

- Môr, amanhã vai ter a procissão de Nossa Senhora. Vamos fazer a romaria com as cachorras?

- Vamo. Vai ser bom pra Mel, ela tá muito gorducha. Tá parecendo uma peça de mortadela. E vai ser bom pra nós também.

A procissão sempre passava numa estradinha próxima à chácara. Eles colocaram as coleiras nas peludas, cuidaram para que elas tivessem uma boa margem de movimentação e foram para o ponto de onde seguiriam o fluxo de pessoas.

Mô conduzia a Belinha.

Landão conduzia a Mel.

Nota: Mel nunca havia ficado no meio de muita gente.

Tudo ia razoavelmente bem, considerando que Landão tivera que enrolar um pouco da coleira da Mel no braço, para que ela ficasse mais junto do seu corpo. Com tanta gente ao redor, a gorduchinha começou a estorvar a passagem do povo e estressou.

Nota: Mel nunca havia percorrido mais do que um quilômetro de uma só vez.

Landão tinha que parar a cada quinhentos metros pra Mel descansar, e muitos que passavam riam do jeito engraçado dela sentar. Ela não apoiava o corpo nas duas patinhas traseiras, mas em uma das coxas, cuja patinha ela virava pra dentro. É mesmo meio esquisito.

Nota: Mel nunca tinha visto um cavalo antes.

Mais adiante na procissão, havia um lugar onde os romeiros a cavalo paravam para os animais beberem água. Mô já havia passado e estava lá na frente com a Belinha.

Landão estendera o comprimento da coleira pra Mel andar um pouco mais livre. Quando chegou perto dos cavalos, ela começou um bafafá danado, latindo sem parar em volta dos bichos.

Todo cavalo de romeiro está acostumado com cachorros enchendo o saco, então, nem deram bola praquela peluda roliça.

Inconformada com o desprezo generalizado das criaturas, Mel intensificou sua performance.

Quando um dos cavalos se mexeu e levantou o rabo, Mel achou que, finalmente, alguém prestara atenção nela. Ignorando a mecânica equina, enfiou-se debaixo do rabo do animal, para melhor eficácia dos latidos.

Nem deu tempo de Landão reagir e puxar a coleira: PLOFT!

Uma generosa porção de bosta quentinha acertou bem no meio da aristocrata testa da Mel. O súbito silêncio que se seguiu fez com que as pessoas procurassem seu motivo, e a gargalhada foi geral.

Seguiram-se uns "tadinha", mas a maioria tirou sarro mesmo.

Desesperado, Landão procurou alguma coisa que pudesse usar para socorrer a aflita Mel, que, a essa altura do campeonato, esfregava-se na grama freneticamente, tentando se limpar.

Uma milagrosa mangueira conectada a uma abençoada torneira perto do bebedouro resolveu a parada. Landão deu um bom banho na Mel, esperou ela se recuperar do susto e seguiu penitente.

Pituxa teria adorado isso...

Landão conseguiu rir, apesar da trabalheira. No trajeto, com o sol forte, a Mel acabou secando.

Duzentas paradas pra Mel descansar depois, Landão chegou na escadaria da igreja, onde Mô já tinha desbotado o rosário de tanto esperar.

– Pô! Onde cê tava? E que cheiro é esse? Você pisou em esterco?

* * *

Dona Branquinha havia ligado pra Mô e atualizado as notícias.

– Môr, a Mila tava grávida!

– Hein?! Como assim, grávida? E como assim, "tava"?

– Ela tava gordinha, né? Mas a mamãe achava que era comilança mesmo. Aí, ontem de manhã ela começou a ficar esquisita e a mamãe e a Ly (irmã da Mô, que estava de visita) saíram correndo com ela pro veterinário. Tá lá a gordura: três bigatos.

– Quem diria... Mô, ainda bem que a sua irmã tá aí. Já imaginou se a sua mãe inventasse de fazer parto de cachorro?

– Ia ser uma tragédia. Ah! E tem mais: a Mila já tentou comer um dos filhotes.

– ...

– Acredite se quiser, mas acontece muito. Em geral, é coisa de cachorra muito possessiva.

– "Muito possessiva" é a definição da Mila.

– E o Mimo sumiu (o gato laranja com o rabo quebrado). Não aparece pra filar boia faz semanas.

– Ouvi dizer que os gatos se afastam quando pressentem que estão pra morrer. São bichos muito orgulhosos. Lembra quando o Mimo tava dormindo no braço do sofá da sala da sua mãe, e a Mila veio sorrateira por baixo e latiu quase dentro da orelha dele? O coitado nunca pulou tão alto.

– Ô se lembro! Foi hilário. Como ele pairou no ar daquele jeito, antes de cair, ainda é um mistério. *Matrix* perde.

– O melhor mesmo foi a cara de espanto que ele fez, quando percebeu o tanto que tava longe do sofá. Nem o *Coyote*, do *Papa-Léguas*, supera.

Riram gostoso, como há tempos não faziam.

– Bom, o Mimo é praticamente pré-histórico. Tá bem velhinho. E a mamãe contou que, da última vez que ele apareceu, ela notou que ele tava sem um pedaço da orelha. Acho que ele deve ter apanhado e perdido o posto de mandachuva do pedaço. E tem mais. A Ly trouxe de presente pra mamãe a Nina.

– Vou adivinhar: uma gata.

– Não, uma mestiça de *poodle toy*.

– Minha nossa! A Mila vai traumatizar mais quatro criaturas indefesas neste mundo?

– Deixa de ser bobo. Só a Nina vai ficar. Os três bigatos já estão prometidos pra vizinhança.

– Ah, bom. Rezarei pela Nina...

– Tem mais uma notícia. O Zequinha morreu. Mamãe encontrou ele durinho no piso da gaiola.

– Bom, esse tá fácil de explicar: foi suicídio.

– Mamãe adorava ele, seu chato.

Nota: O Zequinha era uma *calopsita* macho, com quem Dona Branquinha conversava todo dia. O detalhe era que ela achava de falar com a ave em "calopsitês"...

* * *

Belinha ia ficando cada vez mais velhinha e a mortadela Mel ia ficando cada vez mais roliça.

Chegou num ponto em que a Mel estava com o dobro do tamanho da *teckel*. Mas mesmo pesando metade da outra, Belinha ainda era a alfa (e também a beta, a gama, a delta; até ômega; ela fazia questão de ser o alfabeto grego inteiro).

Mas essa dominância estava prestes a sofrer abalos consideráveis...

- Alô? Môr, tá me ouvindo? Eu tô no hospital veterinário - avisou Mô. - Cê já tá indo pra casa?

- Hospital?! - afligiu-se Landão.

- Calma, tá tudo bem com as nossas meninas. Vai pra casa que lá eu te explico. Eu já tô indo.

Estava chovendo, e Landão chegou molhado e cabreiro. Mô estava sentada na mesa próxima à cozinha, tomando um copo d'água. Parecia nervosa. Mel e Belinha, as meninas, estavam nas casinhas. Ele puxou uma cadeira e sentou-se.

- Môr - começou Mô, ainda tremendo -, eu tava vindo pela avenida, debaixo dessa chuvarada, quando ali perto do viaduto o trânsito parou. Ficou meio embolado por um tempo e aí seguiu. Quando eu fui fazer o retorno, eu vi um cachorro todo encolhido numa poça de sangue, bem debaixo da marquise duma loja. Môr, eu parei pra ver se dava pra socorrer, mas era uma *boxer* enorme! Ela tinha acabado de ser atropelada. Tava muito assustada e não me deixou chegar perto. Eu liguei pro pronto-socorro veterinário e a ambulância veio. Deu o maior trabalhão pra sedar ela. Lá no hospital, ela foi direto pra cirurgia. Eu autorizei fazer tudo que precisasse. Se ela sobreviver, eu quero adotar. Fala alguma coisa.

Landão mastigou tudo, bochechou, ruminou e, então, fez suas considerações.

- Tava com coleira?

- Não.

- Ainda assim, pode ser de alguém. O certo é divulgar umas fotos, pra ver se aparece o dono.

- Tá.

- Se foi pra cirurgia, temos que ver como vai ser a recuperação. Pode ser um troço complicado.

- Tá.

- Belinha e Mel não vão abraçar uma cachorra adulta numa boa. Talvez tenhamos que contratar um adestrador pra fazer a inserção.

- Tá.

– E é uma *boxer*. É um bicho muito grande e forte. Eu sempre tive receio de cachorro grande. Uma coisa é uma mordida da Belinha, que a gente põe um esparadrapo e tudo certo; outra coisa bem diferente é uma mordida de *boxer*. Amanhã eu vou passar lá pra ter mais notícias e ver a candidata.

– Tá.

Landão conhecia aquela estratégia da Mô. Ela ia cozinhar a coisa, até poder ficar com a cachorra. Ela já tinha se decidido.

Ele só estava fazendo figuração.

* * *

Ow! Você é grande, hein menina?

Landão pôs os olhos na cachorra, com pontos na cabeça, pelos raspados e faixa no quadril, e já deu meia volta.

Sem chance.

- Mô, não dá. Ela é realmente muito grande, deve tê mais de trinta quilo. E parece brava. Eu tomei um puta susto quando vi ela!

- Você tá impressionado. O hospital vai dar alta semana que vem. Como a gente vai chamar ela?

- Como assim, chamar? Você vai trazê ela pra casa, assim, já?

- Vô.

- Bom, vai ser por sua conta e risco. Dessa vez, eu não vou mexê uma palha. E eu chamaria de Boo, já que ela vai dar susto em todo mundo...

Mô, estrategicamente, publicou só as piores fotos da cachorra, pra ninguém reivindicar ela.

Caprichou nos closes das feridas.

Quando o hospital deu alta, Mô pegou a Boo e foi saltitante pra casa. Em menos de uma hora, estava de volta ao hospital. Deixou a cachorra na ala de hospedagem e voltou pra casa contrariada.

Mas não derrotada.

- Môr, rolou o maior *stress*. Essa Belinha e essa Mel quase derrubaram o portão. E a Boo nem parecia que tinha acabado de se recuperar de uma cirurgia. Empinou-se toda e queria partir pra cima das coitada. Eu quase não consegui colocar ela de volta na caçamba do carro.

- E...

- Amanhã vou falar com um adestrador. Ele pega a Boo lá no canil, traz pra cá e se vira com as três.

- Então vai ser Boo mesmo?

- Vai. Eu gostei.

Landão lavou as mãos.

* * *

Santos chegou com a Boo na coleira e dirigiu-se ao gramado. Fez sinal pra Mô, indicando que ela podia soltar a Mel e a Belinha e, mais tranquilo que mestre de *Tai Chi Chuan*, aguardou as duas virem pra cima.

Landão havia se instalado numa cadeira da varanda e aguardava a carnificina começar. Assim que Boo pôs os olhos na dupla, deitou as orelhas pra trás, empertigou-se e...

– Senta!

Sentou.

O comando firme e preciso de Santos se sobrepôs ao instinto da *boxer*. Landão não acreditou. Mô, que a essa altura estava mais branca que papel, encostou num pilar da varanda e tentou recuperar a cor.

Mel e Belinha chegaram arrepiando, mas ao invés de qualquer atitude mais agressiva, optaram por inspecionar os intrusos. Impassível, Santos aguardou alguns instantes e, sem hesitação, tirou a coleira da Boo.

Mô quase desfaleceu na varanda.

As peludas começaram o protocolar ritual canino de cheirar as partes pudendas umas das outras, quando Belinha deu uma rosnada.

Antes que Mô pudesse suar, Santos ordenou:

- Aqui!

Boo afastou-se imediatamente da ranheta e foi para perto do adestrador.

- Junto!

Santos começou, então, a andar pelo terreno e pela casa, seguido pelas três cachorras, como se fosse uma matilha.

Unbelievable!

Landão, Mô e Santos sentaram-se na mesa da varanda próxima à cozinha, para uma prosa e um café. Belinha, Mel e Boo esparramaram-se em volta, como se fossem comadres. Santos distribuiu alguns petiscos, chamando uma de cada vez. Por incrível que pareça, houve ordem.

- A Boo é uma cachorra que, com certeza, foi adestrada. Eu não usei nomes, só comandos. Antes ela provavelmente respondia a outro nome. Ela sofreu conchectomia, que é o corte de orelhas, e caudectomia, que é o corte da cauda, mas isso era comum nessa raça. Ela sabe respeitar os cômodos internos da casa, não é "entrona". É muito leal, inteligente, carinhosa, valente e corajosa. Parabéns, vocês conseguiram salvar um belo animal. Eu diria excepcional, mesmo – elogiou o adestrador.

– O mérito é da Mô – disse Landão. Mas eu confesso que ainda temo pelas pequenas. Uma coisa é a sua autoridade, postura e experiência. Outra é a nossa. E a Belinha é mandona.

– A Boo já percebeu que chegou num lugar onde a hierarquia já está estabelecida. Mas aqui tem muito espaço, muito verde, gramado, liberdade. Eu não acho que ela vá querer se impor.

– Ai, que alívio! – suspirou Mô.

– Mas isso não quer dizer que ela vá aceitar desaforo. Ela vai estabelecer os limites dela. Mas não se preocupem com isso, essa raça é bastante equilibrada. Quando ela mandar o recado, vocês e as outras duas vão saber.

* * *

Dona Branquinha passou pelo portão toda cheia de confiança, apesar do latidão da Boo. A *boxer* foi se aproximando da visitante com certa cautela e curiosidade, mas foi surpreendida pela senhorinha, que juntou as duas mãos na sua cara e lascou-lhe um beijo no focinho.

- Mas que lindonaaaaaa!!!!

A cachorra ergueu-se sobre as patas traseiras, apoiou as patas dianteiras nos ombros da estranha e aplicou-lhe uma superlambida, que praticamente penteou para trás os cabelos acaju - *Imédia Excellence L'Oréal Paris* - da vovó.

Landão e Mô ficaram bestas.

- Mãe, a senhora é lôca? A Boo nunca te viu!

- Ah, sô! As "criação" sente quem gosta delas. E ela não é boba não. Cê acha que ela num observô ocêis primero? Ela viu que eu sô di casa - explicou Dona Branquinha. - Ô, mais é grande a bicha, hein?

- Mãe, eu juro que eu te vi indo pro chão. Ela de pé fica maior que a senhora!

- Êita, mas ela é pesada, minha fia! Eu quase fui memo. E cadê a Mel e a Belinha?

Falando do diabo, aparece o rabo...

- Noooossa! Como a Mel tá gorda!

- Robusta - corrigiu Landão, aproximando-se e abraçando a sogrinha. - Meus sentimentos pelo Zequinha.

Mô deu aquela olhada pro Landão: - Cínico.

- E a tal da Nina?

- Ah, meu fio, ela é lindinha, mais é muito bobinha, coitada. A Mila tá "pintano e bordano" com ela. Mais eu num deixo não. A Mila anda levando uns cascudo; mais só que num aprende!

Almoçaram e sentaram na varanda pra prosear, com as três cachorras em volta, deitadas no piso frio, na maior harmonia.

Aí... Dona Branquinha achou de distribuir ossinhos de coxa de frango.

- Mãe, cuidado, elas tão muito perto.

- Deixa comigo, tá tudo certo.

Mel pegou um e vazou. Foi degustar.

Belinha pegou um e triturou rapidamente.

Boo nem mastigou o dela, engoliu duma vez.

Dona Branquinha esticou a mão pra dar mais um pra Boo. Belinha, achando que não tinha mais, tentou pular na frente pra pegar.

Boo deu duas mastigadas na Belinha e a cuspiu, como se fosse caroço de azeitona.

Bom, o Santos tinha avisado que ela ia dar o recado dela.

Recado dado: sou maior e mais forte. Ponto.

Sabe aqueles tapetinhos feitos de retalhos, tipo *patchwork*?

Então... Belinha ficou parecendo um depois dos pontos.

* * *

Ly, a irmã da Mô, chegou na segunda-feira. Ficaria a semana toda e no domingo iria embora com a Dona Branquinha.

- Genteeeee! Olha o tamanho desse bicho!

- É uma moça, fia. Uma doçura de cachorra que só vendo - disse Dona Branquinha, fazendo propaganda da Boo.

- Belinha que o diga - espetou Landão.

- Ah! Cêis dois sabe muito bem *"o mato que cêis lenha"*. A Belinha é muito da encrenqueira, isso sim - justificou a sogrinha. Além do mais, com a força que essa cachorra tem, a Belinha tá é no lucro, devia mais é agradecê. A Boo só deu um "chega pra lá" nela.

- Isso é verdade, eu tenho que admitir - disse Mô, achegando-se ao pessoal. - Mas foi bom a Boo ter enquadrado a Belinha. Agora ela tá um pouco mais comedida. Parece que tomou noção de perigo.

A semana transcorreu bem, sem incidentes dignos de nota. Ly saiu todos os dias pra passear com sua mãe e as cachorras, todas com a coleira - menos a Dona Branquinha, é claro (embora Landão não achasse uma má ideia...) –, seguindo à risca as recomendações da Mô.

Mas...

Na sexta-feira de tardezinha, Mô ia chegando a casa quando, assim que fez a curva da rua de acesso à chácara, viu suas três cachorras paradas junto ao meio-fio e sua irmã sentada, aos prantos.

Estacionou o carro e foi até ela.

- Ly, quê que foi?

O portão da chácara do vizinho de baixo estava aberto.

- Mô, eu tirei só um pouquinho as coleiras das cachorras, porque elas tavam indo muito bem. Aí, quando fizemos a curva ali em baixo, o portão do seu vizinho abriu.

Mô gelou.

- Não me diz que o *pin*...

- Um *pinscher* saiu latindo e foi direto pra cima da Boo... Buáááááááááááá... Foi muito rápido... Buáááááááááááá... Mô, foi reflexo! A Boo só deu uma mordidinha e largou. Mas eu ouvi um "*crack*". Ai Mô, que horrível! Buáááááááááááááááááá...

Mô disse pra Ly ir pra casa com as cachorras e entrou na chácara do vizinho para se desculpar. Ele já estava terminando de enterrar seu bichinho.

– Moça, não tem como desfazer, né? Acontece – disse o vizinho com a voz embargada. – Mas um animal daquele tamanho não deveria ficar sem coleira fora de casa.

Mô lhe deu razão e foi pra casa, constrangida.

"Os macacos também caem da árvore."

Provérbio japonês.

Naquela noite, Ly ouviu uns sermões sobre excesso de confiança e imprudência.

Também naquela noite, Landão foi assolado por um pesadelo que o encafifou.

Deitado de barriga para cima (como gostava de ficar com a Pituxa) olhava imóvel, incapaz de se mexer, não para sua amada cachorrinha, mas para um *pinscher* demoníaco, com olhos de fogo, que, sentado desafiador sobre seu peito, encarava-o e repetia sem parar: *"Meu nome é Legião, porque somos muitos."*. Ao redor, reconheceu os rostos dos seus vizinhos, o de cima e o de baixo...

Acordou e ficou vagando pela varanda pelo resto da noite, angustiado.

No domingo, pouco antes de ir embora, Dona Branquinha foi se despedir e, pra variar, exagerou um pouco na empolgação, atiçando a *boxer*.

Eufórica, e com a sutileza de um hipopótamo, Boo levantou-se sobre as patas traseiras pra dar suas lambidas na vovó e, praticamente, se jogou em cima dela.

Dona Branquinha se desequilibrou, tombou rígida igual poste e rolou no cascalho quente com a aerodinâmica de um barril de chope.

Viajou toda babada (*boxer* saliva que é uma beleza) e com os dois joelhos esfolados.

* * *

Mô chegou esgotada na chácara. Caminhou absorta pela longa passarela de concreto que dividia o cascalho, feita para que visitas mais chiques não quebrassem nenhum salto agulha (o que era raro; quer dizer, as visitas chiques.).

Pensava em como o empreendimento que tinham criado para amparar sua sogra – e que havia prosperado um pouco após o falecimento dela –, virara uma fonte inesgotável de dores de cabeça.

Quando Mô se aproximou da varanda, seu cérebro fechou em sua mente a porta do cofre de aço onde ela estava etiquetando e arquivando as mais recentes mágoas, para focar numas trilhas marrons e fedorentas que riscavam o piso. Com certeza, não estavam ali de manhã.

Agachou-se e aproximou cautelosamente o nariz daquilo, concluindo, sem sombra de dúvida: *É cocô de cachorro!* As peludas, sendo as suspeitas mais prováveis, estavam em suas respectivas casinhas, com cara de paisagem.

Mas como essas danadas fizeram estes rastros?

Sem nem guardar sua bolsa direito, jogou sabão no chão, pegou a vassoura e a mangueira e se pôs a lavar a varanda. Enquanto esfregava, notou que as trilhas tinham espessuras diferentes, o que só podia levar a um veredito: todas as três tinham culpa no cartório.

Landão chegou quando Mô já estava quase terminando, mas a tempo de ver alguns dos rastros.

– Elas estão limpando a bunda na varanda?

– Parece. Mas como, é que eu não sei. Elas nunca fizeram isso antes! E, que eu saiba, cachorro não se preocupa com isso.

– Bom, era só o que faltava.

– Toma. Rapa a varanda – disse Mô, pondo o rodo nas mãos do Landão.

Na manhã seguinte o casal tomava seu café na mesa da varanda, defronte à cozinha, quando Landão viu a Boo encaminhar-se para o gramado com a nítida intenção de fazer seu cocozinho (este é um eufemismo, é claro) matinal. Quando ela vinha voltando, Landão cutucou a Mô:

– Olha lá.

Boo, assim que tocou na varanda, sentou-se ereta, apoiou-se na bunda, ergueu as patas traseiras e, puxando o corpo com as patas dianteiras, saiu esfregando o traseiro pra todo lado. Na sequência vieram Belinha e Mel.

– A gente tá ferrado! – exclamou Mô. – As rampeiras da Mel e da Belinha aprenderam a se limpar com a Boo?

– Talvez a grama pinique "as parte". O piso frio deve ser mais gostosinho. Vai sabê. E talvez seja isso o que significa ter *pedigree,* afinal: saber limpar a própria bunda...

* * *

A Mila teve umas perebas no couro (segundo Dona Branquinha, cachorro tem courinho, não pele, o que, no caso da Mila, talvez até pudesse fazer algum sentido), que ela dedicadamente "tratou" com uma "simpatia" prescrita pela vizinha, algo que envolvia óleo queimado...

Algum tempo depois a Mila faleceu de causas naturais, embora ninguém tire da cabeça do Landão que a tal "simpatia" teve algo a ver com as "causas naturais".

Não convém esmiuçar isso.

A herdeira das contas da Dona Branquinha, a Nina (a *poodle toy*), teve que ser tosquiada igual ovelha, já que seu pelo havia virado uma maçaroca só, inviabilizando qualquer cafuné.

A Ly, pra compensar a perda da Mila, deu pra sua mãe a Gucci, uma gata *angorá* (mestiça, é claro; tá pensando o quê?). Pelo jeito, é a gata mais arisca do mundo, pois vive sumida. A Mô diz que já viu ela. O Landão tem sérias dúvidas se esse bicho existe mesmo.

Também houve rumores de que a Dona Branquinha tinha arrumado outra calopsita, e que já estava proseando com a ave...

Na chácara, tudo seguia mais ou menos, até que o vizinho (nem o lá de baixo, nem o lá de cima; o do lado) arrumou um filhote de *weimaraner*, e a latição no pedaço disparou.

Não adianta tentar argumentar, é consenso: o cachorro mais chato do universo foi, é, e sempre será, o do vizinho. Não importa o que o seu faça.

Talvez porque um potente latidor tenha sido introduzido para além dos muros, o ambiente do "*trio parada dura*" ficou instável.

E começaram os "pegas".

Belinha sentia o peso da velhice. Boo sentia as sequelas do acidente. E a Mel achou que podia ser alfa...

Como Santos bem previra, Boo manteve o equilíbrio quando a selvageria ameaçou imperar. Aplicou umas mordidas disciplinadoras e a matilha sossegou.

Mas tudo estava muito difícil, em todos os aspectos, e Landão e Mô não tinham mais nem o tempo, nem o ânimo que as cachorras precisavam.

Contrataram, então, uma *pet sitter* pra passear com elas.

Fê fez um trabalho maravilhoso, e durante algum tempo, funcionou.

Porém, ele, o tempo, senhor da realidade, mandou um recado, avisando: as coisas mudaram. Nada mais de passeios.

"*Things have changed*", cantaria Bob Dylan, e ao casal só restava dançar conforme a música.

Belinha estava com um tumor, e sentia dor.

Boo estava com osteo: porose/artrose/artrite - sabe-se lá, cada um dava um diagnóstico - e sentia dor.

E a Mel comia...

Mô andava muito angustiada. Ligou para sua mãe e ela sugeriu voltarem ao Centro, para uma orientação.

Foram.

Lá, Mô chorou as pitangas.

- Tá tudo desmoronando, eu não sei mais o que fazer, eu não entend...

- Você vai ser mãe - surpreendeu a entidade. - E essa criança te compensará mil vezes o que quer que você tenha sofrido.

Que assim seja, disse o universo.

O *baby* nasceu forte, lindo e genioso.

As forças pareciam ter se renovado.

Mas, no caso deles (e o motivo algum dia será esclarecido), o universo concede com uma mão, e toma com a outra.

Belinha fora deixada pelo Landão no hospital veterinário para fazer um *raio-X* do tumor.

Teve uma parada cardíaca durante o exame e faleceu. Sozinha. Eles estiveram presentes em todos os momentos dela. Naquele, falharam.

Não muito depois, Boo, sem qualquer razão aparente, de uma hora para outra, parou de comer e beber. Foi internada, colocada no soro e tratada de todas as formas, mas não reagiu.

Mô e Landão chegaram até a levar bifinhos de fígado cru (que ela adorava), mas tudo que conseguiram foi uma sequência de recusas solenes. Boo faleceu cerca de dez dias depois da internação.

Causa Mortis: desconhecida.

EPÍLOGO

Passados quase vinte anos (!), eles agora eram pais de uma fofura sem pelos.

Estava o baby no berço, de manhã, de pé, assistindo sua BabyTv, como já de costume.

Landão estava deitado na cama ao lado do berço, esperando o dito cujo fazer seu cocozinho matinal, para as devidas providências higiênicas, como já de costume também.

Como a pessoa não dava sinais de progresso, pois o ar do quarto permanecia imaculado, Landão puxou uma palinha, daquelas de leve, mas danada de boa.

Não se sabe quanto tempo durou o cochilo, mas, de repente, um troço meio fofo acertou a cabeça do Landão e o arrastou para a realidade.

Ele acordou meio sonado, mas, quase que imediatamente, sentiu o perfume do pacote. Ainda sem entender, viu uma fralda recheada da mais pura merda do mundo, no chão.

Na hora, ele achou que a Mô poderia ter se esquecido de jogar fora o produto da noite, mas logo despachou essa ideia, porque o quarto não estava cheiroso antes.

Aí, aterrorizado, confirmou seus temores: seu baby havia se livrado da calça, arrancado a fralda premiada, jogado na cabeça dele e agora rolava livremente no berço, cheio de floquinhos de cocô grudados na bunda...

Dizem que merda significa dinheiro. Mas, até agora, nada. – pensou Landão, inconformado.

Saiu para a varanda, limpando os respingos da meleca com uma toalha, e deu de cara com a Mel sentada numa das coxinhas, daquele jeito esquisito que só ela sabia fazer, encarando ele.

A Mel não chegou a conhecer a Mila, pra ter aprendido com ela, mas Landão podia jurar que a danada estava rindo dele...

Ao que parece, ainda há muitas peripécias mais para serem contadas.

Mas isso é assunto para outro livro...

REFERÊNCIAS

Abertura *A superioridade do animal sobre o homem está, entre outras coisas, na discrição com que sofre.* Drummond de Andrade, Carlos. O avesso das coisas. Rio de Janeiro: Record, 1987, p.14.

35 *Chora, não vou ligar... sem ter por que.* Beth Carvalho. Vou Festejar. De Pé No Chão. Rio de Janeiro: RCA Records, 1978.

38 *Ô coisinha tão bonitinha do pai... todo meu tesouro.* Beth Carvalho. Coisinha do Pai. No Pagode. Rio de Janeiro: RCA Victor, 1979.

67 *Estha ocupava muito pouco espaço no mundo.* Roy, Arundhati. O Deus das Pequenas Coisas. São Paulo: Companhia das Letras, 1998, p.22.

67 *Amado, cego, careca e incontinente vira-latas de dezessete anos.* Roy, Arundhati. O Deus das Pequenas Coisas. São Paulo: Cia. das Letras, 1998, p.23.

90 *Porquanto tu és pó, e em pó te hás de tornar.* Bíblia. Gênesis 3:19.

139 *Os macacos também caem da árvore.* Provérbio Japonês. Domínio público.

139 *Meu nome é Legião, porque somos muitos.* Bíblia. Marcos 5:1–20.

NOTAS

17 *Bloukrans Bridge - bungee jump*. Disponível em: https://www.7continents1passport.com/maior-bungee-jump-na-africa-do-sul/?lang=pt-br

23 Janela Indiscreta (título em inglês: Rear Window). Filme de Alfred Hitchcock (1954). Disponível em: https://pt.wikipedia.org/wiki/Rear_Window

23 Um Corpo que Cai (título em inglês: Vertigo). Filme de Alfred Hitchcock (1958). Disponível em: https://pt.wikipedia.org/wiki/Vertigo_(filme)

28 Tio Patinhas. Personagem Disney. Disponível em: https://historiascomentadas.wordpress.com/2016/01/11/o-preco-das-suicas/

35 Beth Carvalho. Vou Festejar. De Pé No Chão. RCA Records, 1978. Disponível em : https://www.youtube.com/watch?v=8lUAMSbHR7M

38 Beth Carvalho. Coisinha do Pai. No Pagode. RCA Victor, 1979. Disponível em : https://www.youtube.com/watch?v=FJsm2zxK0Fo

43 Rio Miranda. Bonito (MS). Pescaria. Disponível em: https://globoplay.globo.com/v/4590797/

54,61,113 Cofap. Comerciais anos 1980/1990. Disponível em: https://www.youtube.com/watch?v=QOQFYULkvhU

60 Santo Expedito. Expedito de Melitene Disponível em: https://pt.wikipedia.org/wiki/Expedito_de_Melitene

67 O Deus das Pequenas Coisas (título em inglês: The God of Small Things). Livro de Arundhati Roy (1997). Disponível em: https://pt.wikipedia.org/wiki/O_Deus_das_Pequenas_Coisas

71 Jericoacoara. Vila no Ceará. Disponível em: https://pt.wikipedia.org/wiki/Jijoca_de_Jericoacoara

83 Cabo da Boa Esperança. Cidade do Cabo. África do Sul. Disponível em: https://pt.wikipedia.org/wiki/Cabo_da_Boa_Esperan%C3%A7a

85 Heineken. Cerveja holandesa. Disponível em: https://pt.wikipedia.org/wiki/Heineken

87 Ratzilla. Cultura popular. Disponível em: https://pt.wikipedia.org/wiki/Rattus_norvegicus

87 Superlua. Perigeu. Disponível em:
https://pt.wikipedia.org/wiki/Superlua

87 Drácula de Bram Stoker (título em inglês: Bram Stoker's Dracula). Filme de Francis Ford Coppola (1992). Disponível em:
https://pt.wikipedia.org/wiki/Dr%C3%A1cula_de_Bram_Stoker

90 Monstro do Pântano/Alex Olsen/Alec Holland. Personagem Vertigo/DC Comics. Disponível em:
https://pt.wikipedia.org/wiki/Monstro_do_P%C3%A2ntano

98 Caronte. Mitologia Grega. Disponível em:
https://pt.wikipedia.org/wiki/Caronte#:~:text=Na%20mitologia%20grega%2C%20Caronte%20(em,vivos%20do%20mundo%20dos%20mortos.

120 Matrix (título em inglês: The Matrix). Filme de Wachowski (1999). Disponível em:
https://pt.wikipedia.org/wiki/Matrix

120 Coyote. Personagem Warner. Disponível em:
https://pt.wikipedia.org/wiki/Wile_E._Coyote

120 Papa-Léguas. Personagem Warner.
Disponível em:
https://pt.wikipedia.org/wiki/Papa-L%C3%A9guas_(desenho_animado)

129 Tai Chi Chuan – Arte Marcial Chinesa
Disponível em:
https://pt.wikipedia.org/wiki/Tai_chi_chuan

147 Bob Dylan. Things have changed. Wonder Boys. Columbia/Sony Music, 2000. Disponível em :
https://www.youtube.com/watch?v=U4zlA6NoSVE

ÍNDICE ONOMÁSTICO

1ª edição: março de 2021
impressão: Break Point Editora Ltda.
papel de miolo: Paperfect Susano 75g.
papel de capa: Cartão Triplex 250g.
tipografia: Book Antiqua 12.

Break Point Editora Ltda.
Caixa Postal 45 - CEP: 14001-970
Ribeirão Preto/SP (16) 3877-9511
www.breakpointeditora.com.br

www.ingramcontent.com/pod-product-compliance
Lightning Source LLC
LaVergne TN
LVHW031433170726
843492LV00010B/2978

9786587149059